www.tredition.de

AF204211

www.tredition.de

Katja Hildebrand

Mohomad Der Traum von einem Leben in Freiheit

Als Jugendlicher vor dem Terror geflohen

www.tredition.de

Verlag und Druck: tredition GmbH, Hamburg

ISBN
Paperback: 978-3-7482-3321-3
Hardcover: 978-3-7482-3322-0
e-Book: 978-3-7482-3323-7

Vorwort

Die Anzeige im örtlichen Mitteilungsblatt lasen wir unabhängig voneinander bestimmt vier- oder fünfmal. Offenbar veranlasst sie jeden von uns zum Nachdenken, denn als Klaus beginnt: „Hast du auch diese Anzeige gelesen?", weiß ich sofort, wovon er spricht und meine: „Ja, wir sollten was tun!"

In unserer Heimatgemeinde Mulfingen im Hohenlohekreis gibt es die St. Josefspflege Mulfingen, die 1854 als Kinderrettungsanstalt gegründet wurde. Im Dritten Reich wurden durch die Behörden Sinti und Roma Kinder aus Baden und Württemberg in das Kinderheim St. Josefspflege in Mulfingen eingewiesen und am 09. Mai 1944 nach Auschwitz deportiert. Inzwischen ist die St. Josefspflege Mulfingen ein freier Träger der Jugendhilfe und der Bischof von Lipp Schule. Die St. Josefspflege erkennt 2014, welch große Not angesichts der großen Flüchtlingswelle herrscht und dass man sich vor allem der großen Zahl unbegleiteter minderjähriger Flüchtlinge annehmen muss. Es werden mehrere Wohngruppen gegründet und die Mitarbeiter der Josefspflege merken schnell, dass das A und O ihrer Arbeit die schnelle Integration der Jugendlichen ist. Also wird im örtlichen Mitteilungsblatt eine Anzeige geschaltet mit dem Aufruf, sich mit und für diese jugendlichen Flüchtlinge, kurz UMAs genannt, ehrenamtlich zu engagieren.

Klaus und ich gehen zu dem ersten Treffen. Viele bekannte Gesichter haben sich im Saal der Josefspflege versammelt, dazu auch einige der Jugendlichen aus der Wohngruppe, viele mit schwarzer Haut. Ich ertappe mich bei dem Gedanken, dass sie für mich genau so aussehen, wie ich mir Flüchtlinge immer vorgestellt habe. Man hat hier auf dem Land bis zu dem Zeitpunkt schließlich nicht so viele Berührungspunkte mit geflüchteten Menschen gehabt.

Bei den Anwesenden ist eine Mischung aus Neugierde, Hilfsbereitschaft und Mitleid zu spüren. Es werden Ideen gesammelt, wer sich wie einbringen kann oder will. Schnell kommt ein bunter Strauß an Vorschlägen zusammen, zum Beispiel Deutschkurse, gemeinsame Koch-Aktionen, Billardspiel im heimischen Partykeller oder Gitarrenstunden.

Meinem Mann und mir wird schnell klar, dass wir nicht die Zeit haben, uns durch feste zusätzliche Termine zu binden. Vielleicht, so unser Gedanke, ist ja unter den Jugendlichen jemand, der Freude oder Interesse an unseren Tieren hat und den wir einfach an den Wochenenden in unserer Familie aufnehmen könnten. Wir haben Schafe, drei Ponys, Hühner, zwei Katzen, einen Hund, drei Kaninchen und damit immer genügend zu tun. Langeweile gibt es bei uns nicht. Und so taucht an einem Nachmittag im April 2016 ein Mitarbeiter der Josefspflege mit einem aus Pakistan stammenden Jugendlichen bei uns auf. Er erzählt uns, dass Mohomad in seiner Heimat mit Schafen, Ziegen und Kühen zu tun gehabt hat und sich darauf freuen würde, wieder mit Tieren in Kontakt zu kommen.

Das also ist Mohomad. Mir fällt gleich auf, dass er irgendwie mongolisch aussieht. Er ist vorsichtig, zurückhaltend, kann sich aber schon ganz gut verständigen. Wenn er spricht, dann spricht er sehr laut. Wir nähern uns vorsichtig an. Ich bin ein wenig unsicher. Schließlich hört und liest man ja viel von dem Frauenbild der Muslime, und ich weiß nicht, wie es auf ihn wirkt, wenn man da als Frau im T-Shirt sitzt. Doch als wir mit ihm nach draußen gehen, er die Schafe sieht und in ihre dichte Wolle greift, da merkt man sofort, wie sich etwas in ihm löst, wie er plötzlich locker und frei zu werden scheint und sich wohler zu fühlen beginnt. Als die Lämmer, die im Februar geboren wurden, übermütig um ihn herumspringen und eines ihn von hinten immer wieder anstupst, huscht ein Lächeln über sein Gesicht, und dann ist auch das letzte Eis endgültig gebrochen. Die Art, wie er unseren Tieren begegnet, und auch, dass unser Hund Senta ihn sofort mag, gibt auch mir nach kurzer Zeit die Sicherheit, dass Mohomad ein herzensguter Kerl ist.

In den kommenden Wochen und Monaten ist Mohomad an jedem Wochenende bei uns, manchmal auch unter der Woche. Abends sagt er immer: „Wann ich komme wieder Berndshofen?" Anfangs ist es schon auch ungewohnt für uns. Wenn Mohomad nach der Schule direkt nach Berndshofen kommt und Klaus noch nicht von der Arbeit zurück ist, weiß ich nicht so recht, was ich mit ihm anfangen soll. Ich habe immer das Gefühl, man müsse irgendwas gemeinsam arbeiten. Zum Glück beginnt die Weidesaison, die Schafe müssen nachmittags auf die Weide getrieben und abends wieder in den Stall geholt werden. Das ist eine Tätigkeit, bei der Mohomad mithelfen kann, und das macht er auch mit großem Eifer. Auch beim Ausbessern und Kontrollieren der Zäune kommt er gerne mit. Er ist dabei, wenn wir mit den Ponys und dem Hund spazieren gehen, er ist da, wenn wir Besuch bekommen, und lernt so nach und nach unsere Freunde und Familien kennen. Mohomad ist immer hilfsbereit. Es ist für ihn selbstverständlich, auch im Haushalt mit anzupacken, zum Beispiel beim Tischabräumen. Sein Frauenbild ist überhaupt nicht so, wie man es vielen Muslimen unterstellt, im Gegenteil, er ist stets sehr zuvorkommend und höflich.

Nach einer Weile können wir uns auch vorstellen, ihn bei uns übernachten zu lassen, schließlich haben wir ja viel Platz in unserem Haus und unterm Dach ein leerstehendes Zimmer. Doch er zögert, will nicht so recht. Das finden wir sehr schade und können es nicht verstehen, bis uns sein Betreuer erzählt, dass Mohomad nachts immer noch von starken Alpträumen heimgesucht wird und dann schreiend aufwacht. Dafür schämt er sich und will uns das nicht zumuten. Als wir ihm versichern, dass uns das nichts ausmacht, überwindet er sich und bleibt dann auch das eine oder andere Mal über Nacht.

Wir vertrauen ihm von Anfang an, und er passt dann auch einmal am Wochenende allein auf unseren Hof und die Tiere auf. Mohomad war immer schon ein eher stiller Zeitgenosse. Er ist auch deswegen so gerne bei uns, weil er sich hier zurückziehen kann. In Mulfingen hatte er anfangs ein Doppelzimmer, das er sich mit einem 14jährigen Afrikaner teilen musste. Dadurch hatte er überhaupt keine Privatsphäre. Erst später, als eine zweite Wohngruppe aufgemacht wurde, konnte Mohomad das Zimmer als Einzelzimmer bewohnen.

In der ersten Zeit hat Mohomad noch mit den Spätfolgen seiner Flucht zu kämpfen. Weil er unterwegs oft viel zu wenig oder gar kein Wasser hatte, plagen ihn nun heftige Schmerzen in den Nieren, die voller Steine sind. Das bedeutet, dass er mehrmals ins Krankenhaus muss. Klaus besucht ihn dort jedes Mal, und Mohomad freut sich sehr darüber. Bei seinem zweiten Krankenhausaufenthalt ist es Klaus, der ihn dort abholt und nach Hause bringt. So werden wir mehr und mehr zu seiner „deutschen Familie".

Als es ihm gesundheitlich besser geht, ist Mohomad gewissenhaft mit seinem Schulbesuch und lernt sehr schnell. Das ist wirklich erstaunlich, denn er hat uns erzählt, dass er in Pakistan nur einen Tag zur Schule gegangen sei und dann nicht mehr. In Rechnen, Schreiben und Lesen habe ihn seine Mutter unterrichtet, weiteres muss er sich selbst aus Büchern und übers Internet beigebracht haben. Schulpflicht gebe es zuhause nicht. Alles, was er gelernt hat, lernte er nur, weil er es lernen wollte.

Es ist erstaunlich, was Mohomad alles kann. Das eine oder andere Mal kocht er für uns pakistanisch, was sehr lecker schmeckt. Außerdem hat er von seiner Mutter auch gelernt, wie man mit einer Nähmaschine umgeht, und als er für sein Zimmer in der Ochsentaler Straße in Mulfingen eine eigene Nähmaschine bekommt, beginnt er für alle möglichen Leute Änderungen zu machen und sogar Kleidung zu schneidern.

Mohomad ist fleißig und gewissenhaft und immer sehr auf sein Äußeres bedacht. Für seinen ersten großen Gerichtstermin, bei dem es um den Asylantrag geht, kauft er sich einen Anzug und neue Schuhe. Stolz schickt er uns ein Foto per WhatsApp. In Mulfingen interessiert er sich für die Freiwillige Feuerwehr und erzählt uns, dass er, sobald er 18 Jahre alt sei, dort einsteigen wolle. Da er nicht nur herumsitzen, sondern etwas tun möchte, überlegen wir mit ihm gemeinsam, welchen Beruf er gern erlernen würde. Weil er in Pakistan in der Landwirtschaft seiner Mutter oft beim Schlachten der Tiere geholfen hat, können wir ihm im September 2016 eine Lehrstelle als Fleischer bei der Metzgerei Schäfer in Forchtenberg vermitteln, eine Tätigkeit, bei der er vom ersten Tag an mit Feuereifer dabei ist. Einmal holt Klaus Mohomad in Forchtenberg von der Arbeit ab und trifft seinen Chef. Dieser geht zu Mohomad und ruft ihn mit den Worten: „Mohomad, dein deutscher Papa ist da und holt dich ab." Man spürt, dass ihm das gefällt und gut tut.

Kaum jedoch hat er die Lehre begonnen, wird über seinen Asylantrag entschieden. Als ihm am 25.11.2016 der Brief vom Bundesamt für Migration und Flüchtlinge zugestellt wird, bricht ihm der Boden unter den Füßen weg, denn in dem Bescheid steht, dass sein Antrag abgelehnt ist. Wir haben große Angst, er würde sich das Leben nehmen. „Wenn sie mich abschieben, schreibe ich meinen Abschiedsbrief mit meinem eigenen Blut. Dann will ich nicht mehr leben," sagt er zu uns. Sein Profilbild auf WhatsApp ist tagelang schwarz, er geht nicht mehr aus seinem Zimmer und braucht Tabletten, um überhaupt in den Schlaf zu finden. Auf eine weiße Magnettafel, die in seinem Zimmer hängt und auf der er immer wieder mit Tafelstiften Notizen hinterlässt, malt er ein kaputtes Gesicht mit Tränen und daneben ein Kreuz.

Glücklicherweise können wir ihm Hoffnung machen, denn die Mitarbeiter der Josefspflege engagieren einen Anwalt in Stuttgart, der Widerspruch gegen dieses Urteil einlegen soll. Die Mühlen des Gesetzes mahlen bekanntlich langsam, also kehrt auch bei Mohomad langsam wieder der Alltag ein. Immer wieder spricht er davon, was er für Pläne hat, wenn er einmal mit der Ausbildung fertig ist. Er will den Meister machen, vielleicht auch studieren, am liebsten aber würde er einmal zur UNO und dort über das Schicksal seines Volkes berichten.

Anfangs ist das, was er uns erzählt, sei es über seine Flucht, sei es über die Gründe der Flucht oder seine Ziele, ziemlich verworren, und vieles kommt nur bruchstückhaft aus ihm heraus. Wir spüren, dass es ihn sehr mitnimmt, wenn er davon spricht. Darum bohren wir nicht nach, sondern hören ihm zu, wenn er das Bedürfnis hat, zu erzählen.

Am 9. Juni 2017 ist dann die Verhandlung vor dem Verwaltungsgericht in Stuttgart. Der Josefspflege wird unerklärlicherweise erst genau an diesem Tag mitgeteilt, dass eine Anhörung stattfinden soll, angeblich war der Anwalt im Urlaub und die Vorladung untergegangen. Wie dem auch sei, Mohomad wird aus der Schlachtküche geholt und so fahren sie nach Stuttgart. Er kommt natürlich zu spät, außerdem in seinen Arbeitskleidern und völlig aufgelöst und unvorbereitet. Dabei hatte er sich extra einen schönen Anzug gekauft hat, um ordentlich und sauber vorsprechen zu können.

Als er dem Richter ausführlich die Gründe darlegen will, weshalb er unmöglich wieder nach Pakistan oder Afghanistan zurück kann, warum das für ihn keine sichere Herkunftsländer sind, wird er ziemlich barsch in seine Schranken verwiesen, und der Richter meint nur, er solle sich gefälligst kurz fassen. Bei seiner ersten Anhörung hatte Mohomad noch einen Dolmetscher, aber jetzt, im Juni 2017, will er selbst sprechen. Einige der Fragen, die gestellt werden, zielen darauf ab, mögliche Widersprüche zur ersten Befragung aufzudecken. Mohomad ist völlig durcheinander, aber dennoch zuversichtlich. Er hat das Gefühl, dass er jetzt dem Richter noch einmal alles gesagt hat, was wichtig ist, und dass dieser bestimmt verstehen wird, warum er auf jeden Fall in Deutschland bleiben muss.

Leider kommt es ganz anders. Der Anwalt bekommt am 4. September 2017 den Bescheid vom Stuttgarter Verwaltungsgericht, in dem die Klage abgelehnt wird. Mohomad wird dieser Bescheid fast einen Monat später zugestellt, nämlich am 2. Oktober 2017. Jetzt ist er endgültig am Boden zerstört und weiß weder ein noch aus. Auch wir sind entsetzt und sprachlos. Hier liegt fehlende Objektivität und Willkür sehr nahe und wir spüren nun am eigenen Leib dieses lähmende Gefühl der hilflosen Ohnmacht. Man kann gar nichts ausrichten und ist dem Apparat der Verordnungen und Gesetzestexte einfach nur ausgeliefert.

Da Mohomad weder pakistanische noch afghanische Papiere hat, gilt er als staatenlos, und das wird ihm zusätzlich angelastet. Er bekommt die Auflage, sich Papiere zu besorgen. Seine Betreuer in der Josefspflege fahren mehrmals mit ihm zum afghanischen Konsulat nach München, um etwas zu bewirken. Klaus versucht es zeitgleich bei der pakistanischen Botschaft mit einem hochkomplizierten Onlineantrag. Das Besorgen der Papiere dauert lange und erfordert auch das massive Eingreifen von Mohomads Mutter von Pakistan aus, die dort nach Kabul reist, um so etwas wie eine Geburtsurkunde, eine Tazkira, zu beschaffen. Jetzt lautet Mohomads Asylstatus: „Duldung während der Ausbildung".

Im Mai wird Mohomad seine theoretische Prüfung ablegen, im Juni/Juli seine praktische Prüfung. Sein Lehrmeister würde ihn sehr gerne übernehmen. Wir möchten ihm weiterhin seine „deutsche Familie" sein und ihm helfen, seinen Traum vom Leben in Frieden zu erfüllen. Wir hoffen, dass Mohomad in Deutschland bleiben darf und das Damoklesschwert der drohenden Abschiebung endlich aus seinem Leben und seinen Träumen verschwindet, das hat er verdient.

Es ist Mohomads Wunsch, dass ich seine Geschichte aufschreibe. Und so machen wir uns im November 2018 gemeinsam an die Arbeit.

Hinweise

Die Kilometerangaben auf den einzelnen Karten sind nur ungefähre Werte, die wir über die Fußwege im Routenplaner herausgefunden haben. Weder Mohomad noch ich können im Nachhinein die exakten Wege durch die Berge rekonstruieren.

Mohomad hat keine Fotos von seiner Flucht; das erste Handy ist in Griechenland im Meer gelandet. Das zweite Handy, das er sich in Athen gebraucht gekauft hat, hatte eine sehr schlechte Kamera.

Vielleicht ist es auch besser, keine Fotos zu haben, denn die schrecklichen Bilder werden sowieso für immer in seinem Kopf sein.

Informationen zu den Hazara gibt es bei der Gesellschaft für bedrohte Völker, Wikipedia, den Minority Rights und auf vielen anderen Internetseiten.

https://www.gfbv.de/de/informieren/laender-regionen-und-voelker/voelker/hazara/

https://minorityrights.org/minorities/hazaras/

https://en.wikipedia.org/wiki/Hazaras

Im englischsprachigen Raum scheint das Problem eher gesehen und als solches anerkannt zu werden, denn wenn man nach „hazara genocide" sucht, findet man viele Presseberichte.

„Keine Schuld ist dringender als die, danke zu sagen."

(angeblich von Marcus Tullius Cicero - aber egal, von wem – schön!)

Danke sagen möchte ich meinem Mann Klaus und meinen Kindern Lena und Felix dafür, dass sie mir den Rücken freigehalten haben zum Schreiben. Viele Abende saß ich schreibend und parallel mit Mohomad chattend oder telefonierend am heimischen Computer und war nicht ansprechbar für den Rest der Welt.

Ich danke meiner Mutter Heide Schmidt fürs Korrekturlesen und für ihre Ermunterung, weiterzumachen.

Ich danke meinem Onkel Thomas Rathgeber und seiner Frau Beatrix fürs gründliche Korrekturlesen und ihre zahlreichen, sehr hilfreichen Verbesserungsvorschläge.

Ich danke meiner Kollegin Brigitte Löchner fürs Korrekturlesen und ihren Augenmerk auf den korrekten Gebrauch des Genitiv.

Und schließlich bedanke ich mich bei Mina und Horst Langheinrich, die das Abschlusslektorat für mich durchgeführt haben.

Es war ein spannendes Projekt und eine sehr bewegende Zeit. Um nachvollziehen zu können, wie es Mohomad auf der Flucht ging, musste ich mich total in ihn „hineindenken" und ich habe nächtelang diesen Weg durchlebt und durchlitten. Jetzt bin ich froh, dass alles zu Papier gebracht ist und wünsche mir von ganzem Herzen, dass viele Menschen diese Geschichte lesen. Für Mohomad und für sein Volk, aber auch stellvertretend für alle Menschen, die ihre Heimat verlassen müssen.

Prolog

Mein Name ist Mohomad Hussain. Ich bin ein Hazara. Man kann es sehen, wenn man in meine Augen sieht, denn der Volksstamm der Hazara hat mongolische Wurzeln. Weil ich ein Hazara bin, musste ich fliehen. Die wenigsten Menschen, mit denen ich hier in Deutschland gesprochen habe, wissen etwas darüber. Wir Hazara sind ein Volksstamm, der hauptsächlich in Afghanistan und Pakistan lebt. Wo wir auch leben, sind wir immer nur geduldet. Ich weiß nicht, was wir getan haben, dass so mit uns umgegangen wird.

Unsere Vorfahren haben mongolische Wurzeln in den stolzen Reiterheeren von Dschingis Khan, und in unseren Herzen sind wir stolz geblieben. Aber die andern versuchen, unseren Stolz zu brechen, indem sie uns verfolgen und ausgrenzen. Unsere Sprache ist das Hazaragi, das dem persischen Urdu sehr ähnlich ist. Vielleicht spreche ich deswegen so viele Sprachen. Ich kann mich auf Persisch, Englisch oder Urdu verständigen und seit ich in Deutschland bin natürlich auch ganz gut auf Deutsch.

Die Hazara haben keinerlei Rechte, auch kein Recht auf Bildung. Sie wurden früher als Sklaven verkauft und zu Schwerstarbeit verpflichtet. Nach dem Sturz des Taliban-Regimes wurde alles noch schlimmer. Der ganze Hass und die Enttäuschung darüber, dass das Land Afghanistan am Boden lag, wurde auf uns übertragen. Weil wir aufgrund unseres mongolisch anmutenden Aussehens leicht zu erkennen sind, wurden die Anfeindungen auch auf offener Straße immer massiver. Die Hazara leben seitdem in Afghanistan und in Pakistan wie in Ghettos. Zwar sind keine Mauern um diese Stadtteile gezogen, aber ein großer Ring aus Polizeiposten. Ohnehin verlässt kaum einer freiwillig diese Gebiete, weil er sonst unter Umständen nicht mehr nach Hause zurückkommt. Als Hazara lebt man bedroht und gefährdet, und man muss jeden Tag Angst haben um sein Leben. Wir Hazara sind fleißige, saubere, ehrliche und friedvolle Menschen. Unsere Religion verbietet uns, terroristisch aktiv zu werden. Wir sind schiitische Moslems, bei uns haben alle die gleichen Rechte. Der radikale Islam hat nichts mit unserem Glauben zu tun, aber deswegen haben wir solche Probleme. Die radikalen Islamisten sagen, sie seien die besseren Moslems und akzeptieren unsere Haltung nicht.

Wir versuchen, für Frieden, Demokratie und Menschenrechte zu demonstrieren und werden dadurch zur Zielscheibe.

Weltweit gibt es etwa fünf Millionen Hazara. 700.000 davon leben in Pakistan, die meisten hiervon wiederum in Quetta. Hier gibt es zwei Hazara-Dörfer mit jeweils rund 300.000 Einwohnern: Hazara Town und Mehrabad. Zwischen den beiden Enklaven liegt eine Strecke von etwa sieben Kilometern, die durch das Stadtgebiet von Quetta führt. Auch das Regierungsviertel ist direkt an dieser Hauptverbindungsstraße angesiedelt. Für uns Hazara ist diese Strecke lebensgefährlich. Seit 1999 wurden rund 2.600 Hazara in Quetta getötet und über 4.000 zum Teil schwer verletzt. Das Abschießen von Hazara wird als „Target-Killing" bezeichnet. Außerdem gibt es Sprengstoffanschläge von Selbstmordattentätern, Autobomben oder andere Bomben, die immer wieder Angehörige der Hazara aus dem Leben reißen, einfach so, ohne Grund, ohne dass sie sich etwas haben zuschulden kommen lassen. Einfach so umgebracht, nur weil sie Hazara sind, weil sie anders aussehen.

Wir können außerhalb von Hazara Town nicht durch die Straßen gehen, ohne beschimpft oder angespuckt zu werden. Die Menschen in Afghanistan und Pakistan machen uns dafür verantwortlich, dass es ihnen so schlecht geht. Aber wir können nichts dafür.

Sie brauchen nur einen Sündenbock. Für uns Hazara ist es fast unmöglich, über die Highschool hinaus zur Schule zu gehen, weil wir dazu nämlich Hazara Town verlassen müssten, was bekanntlich lebensgefährlich ist. Dennoch gibt es sehr viel mehr gebildete Hazara als Pakistani. Warum behauptet die politische Gruppierung Sipahe Sahaba Pakistan (SSP) dann, wir seien Menschen zweiter Klasse?

Ich bin am 1. März 1999 in Quetta in Pakistan geboren und dort in Hazara Town aufgewachsen. Mein Vater arbeitete in Pakistan für das afghanische Militär. 2010 wurde er von Anhängern der radikalen SSP-Regierung vor meinen Augen ermordet. 2013 gab es einen großen Terroranschlag in Hazara Town, bei dem viele Menschen starben und auch ich schwer verletzt wurde. Danach war mir klar, dass ich nicht länger bleiben konnte. Ich will in Frieden leben, einfach nur in Frieden leben. Ich will durch die Straßen gehen können ohne Angst, dass hinter der nächsten Hausecke jemand lauert und auf mich schießt. Ich will lernen dürfen ohne die Angst, dass morgen jemand kommt und mich deswegen ins Gefängnis steckt. Ich will mich nicht für meine Religion rechtfertigen

müssen oder wegen meiner Religion ausgeschlossen werden, denn Gott ist in meinem Herzen. Darum bin ich geflohen, und darum schreibe ich meine Geschichte auf. Für mich und für alle Hazara schreibe ich diese Geschichte. Ich wünsche mir, dass die Welt endlich hinsieht und hilft, das Leid meines Volkes zu beenden.

1. Mein Leben in Quetta – Die Angst als täglicher Begleiter

Es ist dunkel geworden. An der Türe klopft es. Wir zucken zusammen. Meine Mutter geht hin, um zu öffnen. Wir sind vorsichtig geworden, sehr vorsichtig. Es könnten auch Mitglieder der SSP sein. Schon zweimal sind wir umgezogen innerhalb von Hazara Town. Sie sollen uns nicht finden. Meine Mutter fürchtet um unser Leben, vor allem um mein Leben. Denn ich habe gesehen, wie sie meinen Vater umgebracht haben. Vielleicht bringen sie auch mich um, wenn sie mich finden. An diesem Abend ist es Jawad, der geklopft hat. Er besucht mich. Jawad ist ein guter Freund. „Mohomad, komm mit nach draußen", sagt er, „du musst mal was anderes sehen." Er hat Recht. Ich bin nur noch im Haus, seit diesem schlimmen Anschlag bin ich nur noch im Haus. „Ich weiß nicht", sage ich und zögere. Aber ich merke, dass ich mich danach sehne, in die Straßen von Quetta zu gehen, natürlich nur in unserem Dorf. Alles andere wäre lebensgefährlich. Fragend schaue ich meine Mutter an. Sie lächelt und nickt, und da fühle ich mich sicher. Jawad grinst breit und klopft mir auf die Schulter. Rasch ziehe ich meine Schuhe an, und wir gehen aus dem Haus.

Ich atme die Nachtluft ein. Es ist nicht kühl, aber ohne die heiße Sonne des Tages trotzdem sehr angenehm. Die Luft riecht nach der Hitze und dem Staub des Tages, nach Essen und nach Leben. Überall sind Stimmen, viele Menschen sind nachts draußen. Man redet, hört Musik, an manchen Stellen wird auf der Straße gekocht und gegessen und es wird getanzt. Da sind Lichter, Verkaufsstände und es riecht nach Gewürzen, nach Tee, nach Gebratenem, nach Frittiertem und nach frisch gebackenem Brot. Unsere Straßen sind vor allem nachts belebt, dann ist es nicht mehr so heiß. Wir sind fröhliche Menschen, aber man gesteht uns diese

Fröhlichkeit nicht zu. Wir können nur hier in unserem Dorf so leben, wie wir es möchten. Wenn wir das Dorf verlassen, kann es sein, dass wir nicht lebend zurückkommen.

Wir treffen Simon. Ihn habe ich schon lange nicht mehr gesehen. Er stößt mich mit dem Ellbogen in die Seite. „Nicht immer so viel nachdenken", sagt er. Er hat Recht. Ich war schon seit Monaten nicht mehr draußen. Wenn ich mich umschaue, dann ist alles so vertraut, und ich spüre, wie ich es vermisst habe. Tagsüber ist meine Angst zu groß, entdeckt zu werden. „Ich passe auf dich auf", sagt Simon und grinst mich an. Er hat gut reden. Auch er wird verfolgt. Er ist Christ. Als Christ darf er in Hazara Town leben, aber außerhalb muss auch er mit Anfeindungen rechnen. Als Christ darf er sich sogar Alkohol kaufen. Manchmal macht er das. Wir Hazara trinken keinen Alkohol. Wenn wir feiern und tanzen, macht uns die Musik ausgelassen, nicht der Alkohol.

Simon und Jawad nehmen mich mit zu dem Platz, wo wir uns oft mit Freunden treffen. Heute sind viele da. Als sie mich sehen, begrüßen sie mich, klopfen mir auf die Schulter, wir umarmen uns. „Mohomad, hey!", rufen sie und freuen sich, und ich freue mich auch. Ich freue mich ehrlich! Wo ich so lange war, warum man mich nicht mehr sieht, fragen sie. Ich zeige auf meinen immer noch verbundenen Arm, meine schwere Verwundung. Jawad erklärt, dass ich fast gestorben sei und nicht nochmal in so einen Anschlag geraten wolle. Verständiges Nicken, Murmeln. Jeder hier kennt jemanden, der in einen Anschlag verwickelt war oder Opfer davon wurde oder jemanden verloren hat oder schon einmal angegriffen wurde. Mancher hat selbst Schlimmes erlebt. Anfeindungen auf offener Straße. Jawad hat seinen Bruder verloren. Ali hat seine Mutter und seine Schwester verloren.

Die Gewalt ist täglich da, man sieht sie mal weniger und mal mehr. Ein Leben ohne Angst kennen wir nicht.

Aber an diesem Abend hilft uns wieder die Musik und unsere Gemeinschaft, das Schlimme zu verdrängen und uns zu freuen. Auch ich spüre, wie die Musik in meinen Körper dringt und wie ich anfange, mich zu bewegen. Es geht noch nicht so gut wie vor dem Anschlag. Sie haben mir an vielen Stellen Haut entnommen und an meinen Arm verpflanzt, da war alles ganz zerfetzt. Auch in meinem Gesicht war auf der linken Seite alles kaputt. Der Kieferknochen war auch zerfetzt. Über einen Monat lag ich im Krankenhaus im Koma. Zuerst wussten die Ärzte nicht, ob sie meinen Arm retten können oder ob ich überhaupt überlebe. Gut, dass meine Mutter genug Geld hatte. Deshalb haben die Ärzte um mich gekämpft, und ich konnte meinen Arm behalten. Sie haben gesagt, dass es wieder gut wird. Aber in meinem Kopf, da bleiben die Wunden, da kann man keine Haut verpflanzen, und da kann man auch nicht mit Geld heilen. In meinem Kopf, da bleiben die Bilder. Jede Nacht kommen sie, überfallen mich im Schlaf. Immer wieder dieses pfeifende, zischende Geräusch, die laute Explosion, die noch im Umkreis von zwei Kilometern die Fensterscheiben hat zerbersten lassen. Ich schüttele mich, will diese Gedanken abstreifen. Heute Abend nicht, sage ich mir. Jetzt will ich tanzen, auch wenn es noch nicht so geht wie früher.

Wir sind laut und fröhlich, aber ich kann mich nicht ganz fallenlassen. Immer wieder muss ich mich umschauen. War da nicht ein Schatten? Da, hinter der nächsten Hausecke? Ich versuche, unauffällig zu schauen, die spähenden Bewegungen nach rechts und links mit dem Tanz zu verbinden. Ich habe Angst, dass ein Verrückter in unser Dorf eingedrungen ist, obwohl viele Polizeiposten ringförmig um unser Dorf verteilt sind. Aber die Polizei in Pakistan ist korrupt. Mit Geld kannst du alles von ihnen haben. Sie kommen und verhaften deinen Nachbarn, wenn du ihnen genug Geld dafür gibst. So kommen Unschuldige ins Gefängnis, werden aus dem Verkehr gezogen. Die Polizei ist kein Schutz für uns. Ich glaube, sie stecken mit dem Militär und der korrupten, radikalen Regierung unter einer Decke. Ich schüttle noch einmal den Kopf. Weg, weg mit den dummen Gedanken, ich mag nicht immer nur daran denken. Ich reibe mir die Augen, balle meine Hände wütend zu Fäusten. Simon bemerkt es. Er kommt zu mir, legt mir seinen Arm um die Schultern und fragt mich, ob er mich lieber wieder nach Hause bringen soll. Ich bin ihm dankbar, dass er spürt, wie es mir geht, und nicke vorsichtig. Jawad winkt mir zu. Er bleibt. Man versteht, dass ich schon wieder gehe. Sie wissen ja, was los war. Sie wissen, wie es einem geht, wenn man so etwas erlebt hat. Wenn man gesehen hat, wie um einen herum Menschen durch die Luft fliegen. Blut, Staub, Dreck, Schreie, Angst. Man kann die Angst riechen, wenn sie in der Luft ist. So muss es Tieren gehen, die im Schlachthof warten und den Tod riechen, denke ich. Ich hatte Glück. Ich habe überlebt. Aber ich kann auch nicht wirklich weiterleben. Mein Leben ist zerstört worden – zum zweiten Mal.

Das erste Mal wurde mein Leben zerstört, als sie meinen Vater ermordet haben. Das war im Jahr 2010, ich war gerade mal elf Jahre alt. Ich weiß nicht, warum sie mich damals nicht auch gleich umgebracht haben. Ich war im selben Zimmer, im Krankenhaus. Mein Vater war dort wegen einer Verletzung, ich weiß nicht mehr genau, weshalb. Wir alle wollten ihn besuchen, und ich war schon vorausgegangen. Meine Mutter wollte noch etwas besorgen und kam mit meinem Bruder und meiner Schwester später nach. Die Bodyguards, die auf meinen Vater aufpassen sollten, waren unbewaffnet. Als die vier Männer ins Zimmer kamen, schoben sie mich einfach zur Seite. Es waren keine guten Männer, ich wusste das. Mein Vater wollte schreien, doch er konnte nicht. Wahrscheinlich hat er gespürt, dass es nichts nützen würde. Für mich ging alles viel zu schnell. Ich sah, wie sie eine Spritze hervorzogen und sie meinem Vater setzten. Er riss entsetzt die Augen auf, wollte rufen oder etwas sagen, brachte aber kein Wort heraus, und ich stand wie gelähmt da und konnte auch nichts sagen. So schnell, wie sie gekommen waren, verschwanden die vier Männer auch wieder. Mein Vater war in sich zusammengesunken in seinem Bett, und erst als meine Mutter mit Bruder und Schwester ins Zimmer stürmte, löste sich meine Starre wieder. Die gellenden, verzweifelten Schreie meiner Mutter sind mir noch immer im Ohr. Sie war zu spät gekommen. Mein Vater war schon tot. Hingerichtet mit einer Giftspritze. Hingerichtet von Anhängern der SSP. Von da an änderte sich mein Leben radikal.

Ich schrecke hoch. Simon stößt mich in die Seite. „Mohomad, wo bist du mit deinen Gedanken?", fragt er mich. Ich zucke zusammen, schüttle mich. „Bei meinem Vater", sage ich leis, und da nickt er verständnisvoll.

Ihm habe ich es schon oft erzählt. Aber es geht ja nicht weg, wenn man es oft erzählt, es tut nur in dem einen Moment gut. Aber der Schmerz bleibt da, ganz tief in einem drin. Und er kommt immer dann, wenn man ihn am wenigsten brauchen kann.

„Du darfst hier nicht länger bleiben, Mohomad", sagt Simon. Ich weiß. Was er sagt, habe ich schon hundertmal gedacht. Doch wo sollte ich hin? „Niemand kann hier in Frieden leben", sage ich traurig. „Es sind schon so viele geflüchtet. Alle versuchen zu flüchten", meint Simon. Ich nicke. Das ist nicht so einfach. Wenn sie jemanden erwischen, stecken sie ihn ins Gefängnis, foltern ihn, und dann muss er zum Militär und wird zu Kanonenfutter. „Wo soll ich hin, Simon?", frage ich. „Einfach nur irgendwohin, wo du in Sicherheit bist", meint er.

Wir sind schon mehrmals umgezogen innerhalb von Hazara Town. Meine Mutter hat große Angst, dass sie mich finden. Ich hatte die Männer gesehen, die meinen Vater umgebracht haben. Dabei weiß ich gar nicht mehr, wie sie ausgesehen haben. In meinem Gedächtnis ist das alles ausgelöscht. Wahrscheinlich ist das eine Art Selbstschutz. „Ich bin nirgendwo in Sicherheit, Simon", sage ich traurig. „Du musst weg, nach Indonesien, Australien, Europa."

Ich seufze. Wie soll das gehen? Ich bin erst 14 Jahre alt. Meine Mutter ist schon fast 60. Sie würde das nicht schaffen. Auf You Tube und Facebook habe ich schon viele Bilder und Videos von Leuten aus unserer Community gesehen. Viele, viele junge Menschen sind schon geflüchtet. Viele leben jetzt in Australien, viele in Asien, einige auch in Europa. Dort müssen sie keine Angst mehr um ihr Leben haben, aber sie müssen Angst haben, wieder abgeschoben zu werden, zurückgeschickt in das Land, aus dem sie geflohen sind.

Wir sind jetzt fast an meinem Haus angekommen. Es liegt in einer ruhigen Seitenstraße. Eine hohe Mauer umgibt das Anwesen, so wie hier alle Häuser durch Mauern geschützt sind. Hinter unserem Hof geht es direkt in die steinige Wüste und dann in die Berge von Quetta.

Ich rieche die Tiere, die im Stall sind. Wir haben über 60 Kühe und über 100 Schafe und Ziegen. Ich mag es, bei den Tieren zu sein. Die Tiere kennen keine Gewalt, keinen Hass und keine Anfeindung. Tiere töten nur, wenn sie Hunger haben und nur für sich und ihre Jungen. Viele Menschen könnten von ihnen lernen!

Zum Abschied umarmen wir uns, Simon und ich. Das ist bei uns so üblich. „Ich hole dich bald wieder ab, Mohomad", sagt Simon. Ich nicke. „Ja, gut, okay."

Meine Mutter scheint auf mich gewartet zu haben. Sorgenvoll macht sie die Tür auf. Sie sagt nichts, aber als sie mich in den Arm nimmt, weiß ich, dass sie große Angst um mich hatte. Sie fragt mich nicht, wie es war, da draußen. Bestimmt ist sie froh, dass ich mal wieder vor die Tür gegangen bin. „Ich will noch nach den Tieren schauen", sage ich zu ihr und schiebe sie sanft beiseite. Ich kann ihr nichts vormachen, sie weiß, wie es mir geht.

Über unseren Innenhof komme ich in den Stall. Die Kühe schauen hoch, die Ziegen und Schafe springen auf und drängen sich erschrocken in der Mitte des Stalles zusammen. Um diese Zeit kommt normalerweise niemand mehr in den Stall. Als sie sehen, dass nichts weiter passiert, senken sie wieder den Kopf und fressen weiter ihr Futter. Das zufriedene Knurpsen, Mahlen und Rülpsen von Wiederkäuern hat eine beruhigende Wirkung auf mich.

Vor dem Anschlag, da war ich oft mit den Tieren draußen und habe sie weiden lassen. Ich saß dann einfach da und schaute ihnen zu, las in einem Buch oder habe geschlafen. Jetzt hätte ich zu viel Angst.

An dem Tag, als der Anschlag passierte, war ich mit der Schubkarre auf dem Weg zum Gemüsemarkt in Hazara Town. Es war der 16. Februar 2013. Am Ende des Markttages konnte man die übrig gebliebene Ware für die Tiere bekommen. Diese Überreste wollte ich aufladen und zuhause den Tieren füttern. Aber ich kam nicht so weit. Ich hatte trotz allem großes Glück bei diesem Anschlag und wurde nur verletzt. 130 Personen starben, auch Frauen und Kinder waren darunter, über 200 Menschen wurden zum Teil schwer verletzt. Da hatte ein Terrorist 1.000 kg Sprengstoff in einen Wassertank gepackt und diesen auf die Ladefläche eines kleinen Lkw gestellt. Damit war er einfach in den Markt gefahren und dann – dann gab es diese Explosion.

„Du musst hier weg", hat Simon gesagt. Ich habe schon oft daran gedacht, wie es wäre, in einem anderen Land zu leben. Ich kann mir gar nicht vorstellen, was „Sicherheit" bedeutet. Seit meiner Kindheit leben wir hier. Ich bin so aufgewachsen. Wir konnten uns nie sicher fühlen. Auf der Straße spielen, das bedeutete immer, ganz in der Nähe vom Haus zu bleiben oder im Innenhof, der von den hohen Mauern geschützt ist. Ich kenne es nicht anders. Ständig bekommst du mit, wie irgendjemand aus Hazara Town Opfer von Anfeindungen wird, verletzt wird, ins Gefängnis kommt oder sogar getötet wird. Es scheint niemanden zu interessieren. Die pakistanische Polizei schaut tatenlos zu, wie wir einfach abgeknallt werden. Gibt es wirklich Orte auf dieser Welt, wo dies nicht so ist?

Ein kleines Schaf kommt zu mir. Es ist sehr neugierig. Ich fasse in seine Wolle, es zieht seinen Kopf erschrocken zurück, bleibt aber wieder stehen und stupst mich vorsichtig an. Da muss ich lächeln. Für einen Moment vergesse ich meine Sorgen. Ich spiele Fangen mit dem Lamm. Das bringt große Unruhe in den Stall, die Tiere fangen an zu blöken, zu muhen und zu meckern.

Plötzlich steht meine Mutter in der Tür. „Mohomad!", ruft sie ärgerlich. Schuldbewusst bleibe ich stehen und senke den Kopf. „Das Lamm hat angefangen!", sage ich und zeige mit dem Zeigefinger auf das kleine Tier, das jetzt dasteht und lustig mit dem Kopf wackelt. Da muss meine Mutter lachen, und ich lache mit. Es tut gut, es befreit. „Wann haben wir das letzte Mal gelacht, Mutter?", frage ich atemlos, als wir zurück ins Haus gehen.

Es dauert eine Weile, ehe sie leise antwortet: „Das ist lange her, mein Sohn." Meine Schwester Fatima ist noch so unbeschwert, auch mein Bruder Hassan scheint sich noch nicht so viele Gedanken um seine Zukunft zu machen. Aber ich, ich denke sehr viel nach. Manchmal fahren meine Gedanken immer nur Karussell und ich habe das Gefühl, ich kann nicht aussteigen und muss immer mitfahren. Es dreht sich, dreht sich, und ich komme niemals raus. „Es war schön, mal wieder draußen zu sein," sage ich zu meiner Mutter. Sie nickt. „Aber du weißt, dass du besonders gut aufpassen musst."

Wenn meine Mutter das Haus verlässt, hüllt sie sich in eine Burka. Das tut sie nicht wegen der Religion, sondern weil es sehr praktisch ist. Unter der Burka kann sie sich verstecken, auch meine Schwester. Da sehen sie ihre Augen nicht.

2.   Vorbereitung der Flucht

Ich gehe jetzt immer wieder mal abends nach draußen. Es ist nie für lange, aber es tut gut. Ich treffe meine Freunde oder die, die noch da sind. Oft erzählt einer, dass er sich überlegt zu gehen, Hazara Town zu verlassen, und dann sind tatsächlich plötzlich welche nicht mehr da. Keiner weiß, ob sie es schaffen werden oder schon geschafft haben. Von einigen lesen wir nach Monaten auf Facebook, dass sie in einer neuen Heimat angekommen sind. Die, die es bis Australien geschafft haben, sind glücklich. Aman und Navid haben sie im Iran geschnappt. Sie wurden dort eingesperrt, man hat ihnen fast alle Knochen gebrochen, und nur, weil ihre Eltern ein hohes Lösegeld bezahlt haben, sind sie freigekommen. Jetzt sind sie nicht mehr die, die sie mal waren.

Es ist gefährlich zu fliehen, und ich bewundere den Mut derer, die sich das trauen. Ob ich den Mut hätte? '

Ich bin am 1. März 2014 15 Jahre alt geworden und der älteste Sohn, da übernimmt man automatisch Verantwortung. Meine Mutter lässt mich Lkw fahren, Auto und Motorrad und Traktor. Einen Führerschein haben hier die wenigsten. Wenn man kontrolliert wird, muss man nur genügend Geld dabei haben. Ich habe viel gelernt von meiner Mutter, auch von den zwei Arbeitern, die sie für unsere Landwirtschaft angestellt hat.

Immer wieder kommen mir Gedanken, wie es wäre, es einfach zu tun: den Rucksack zu packen und zu fliehen. Ich glaube, ich würde nach Europa fliehen und dort nach Deutschland. In Deutschland würde ich zur Bundeskanzlerin gehen und ihr sagen, was die hier machen mit uns Hazara. Man hört viel von ihr. Sie heißt Frau Merkel, und wie man hört, lässt sie viele Menschen ins Land. Eine Frau mit einem großen Herzen scheint sie zu sein. Bestimmt hat sie auch ein Ohr für uns Hazara. Vielleicht kann sie uns helfen. Ich habe gehört, dass es eine Organisation gibt, die sich UNO nennt. Das bedeutet „Vereinte Nationen", und wenn ich das richtig verstanden habe, ist deren Aufgabe, den Weltfrieden zu sichern und dafür zu sorgen, dass die Menschenrechte geschützt und die Völkerrechte eingehalten werden. Ich vermute, dass bei der UNO keiner weiß, was mit uns Hazara gemacht wird, und stelle mir sehr oft vor, wie ich zum Hauptquartier in New York gehe, einfach hineinspaziere und denen mal erzähle, wie es uns wirklich geht.

Die Amerikaner haben einen schwarzen Präsidenten, er heißt Barack Obama. Der ist ein guter Mann. Wenn ich meiner Mutter davon erzähle, lacht sie nur. „Mohomad, die wissen das, aber es interessiert sie nicht", sagt sie und ist sehr traurig dabei. Ich glaube aber nicht, dass es alle wissen. „Ich werde es ihnen erzählen, Mama", verspreche ich.

An einem Tag im November 2014, ich weiß das genaue Datum nicht mehr, zieht mich meine Mutter zur Seite. „Mohomad, ich möchte, dass du einmal in Freiheit leben kannst. Du bist hier nicht sicher. Ich habe dir alles beigebracht, was ich wusste. Du kannst jetzt lesen, schreiben und rechnen. Wir haben genug Geld, um dir die Flucht zu ermöglichen. Ich habe bei Adils Eltern nachgefragt. Adil ist jetzt in Indonesien. Er wird seine Familie nachholen, die Anträge sind schon gestellt. Vielleicht kannst du es auch schaffen. Du gehst vor, und wir kommen nach." In mir zieht sich alles zusammen. Ich denke an Aman und Navid und was ihnen angetan wurde.

Mutter bemerkt mein Zögern. „Wenn man viel Geld hat, kann man es schaffen, Mohomad. Die meisten Beamten sind korrupt. Wenn sie Geld bekommen, lassen sie dich durch und stellen keine Fragen." Ich kann immer noch kein Wort sagen. „Du musst das nicht heute entscheiden", sagt meine Mutter, „aber du solltest darüber nachdenken."

Ich nicke, schlucke und gehe in mein Zimmer. Es liegt im Keller. Das ist gut so, denn hier fühle ich mich sicher. Die meisten Häuser in Hazara Town haben nur ein Stockwerk, aber unser Haus ist sehr groß und hat zwei Stockwerke. Eins liegt unter, eins über der Erde. Unten fühle ich mich wohler. Es ist ein bisschen, als könnte ich mich hier vergraben.

Zweimal schon wurde ich in diesem Jahr nach Afghanistan abgeschoben. Beim ersten Mal war ich außerhalb von Hazara Town, um etwas einzukaufen. Es war nur eine Straße weiter. Da kam die pakistanische Polizei auf mich zu, zielstrebig. Ich wusste schon, dass das Ärger geben würde. Sie tun so, als wollten sie uns schützen, aber sie wollen uns in Wirklichkeit nur terrorisieren. Meine Papiere wollten sie sehen. Ich hatte keine Papiere. Niemand aus unserer Familie hat Papiere. Sie wollen uns nirgends haben. In Afghanistan sagen sie, wir leben in Pakistan, also sind wir keine Afghanen. In Pakistan sagen sie, wir kommen aus Afghanistan, also sind wir keine Pakistani. Die Wahrheit ist, wir sind Hazara, und keiner will uns haben. Wir sind staatenlos und ohne Rechte. Und darum sind wir vogelfrei. Weil ich keine Papiere zeigen konnte, haben sie mich in Quetta ins Gefängnis gesteckt und nach ein paar Tagen nach Afghanistan abgeschoben. Da saß ich auch wieder im Gefängnis. Ich weiß nicht, wie es meine Mutter geschafft hat, mich da rauszuholen. Sie weiß irgendwie immer, wem sie Geld geben muss, damit es dann doch klappt. Es gibt auch viele, die monatelang im Gefängnis sitzen. Völlig willkürlich. Dass man dort nicht gut behandelt wird, muss ich nicht extra erwähnen. Die Zeit im Gefängnis war schlimm, aber ich habe die Hoffnung nicht aufgegeben, dass meine Mutter mich rausholt.

Ein paar Monate später bin ich mit dem Bus nach Kabul gefahren, um dort Papiere zu beantragen, damit mir das nicht mehr passieren kann. Ich war kaum in der Stadt, als sie mich erneut festgenommen haben, diesmal die Afghanen. Ich kam wieder in ein Gefängnis, doch diesmal dauerte es fast zwei Wochen, bis meine Mutter mich herauskaufen konnte.

Wenn ich daran denke, wird mir fast schlecht. So kann das doch nicht immer bleiben, denke ich.

Es klopft an meine Tür. „Mohomad", ruft meine Schwester Fatima leise, „wirst du gehen und uns nachholen?" Sie hat unser Gespräch belauscht, die freche Kleine. Ich öffne die Tür. Als ich in ihre Augen schaue, sehe ich flehende Blicke. Ich sehe ihre Blicke und weiß, dass meine Schwester als Frau hier noch viel weniger Chancen haben wird als ich. Außerhalb von Hazara Town hat sie keinerlei Rechte. Dabei ist sie so klug, sie lernt so schnell. Aber wir haben hier keine guten Schulen, und wenn sie später einmal zur Universität gehen wollte, müsste sie das wahrscheinlich mit ihrem Leben bezahlen. Ich zucke mit den Schultern. „Ich weiß nicht", sage ich. „Du kannst das schaffen, Mohomad", meint sie leise, „ich glaube an dich!" Sie ist so klein, erst neun Jahre alt. In ihren Augen liegt ganz viel Vertrauen und Hoffnung. Da muss ich lächeln und nehme meine Schwester in den Arm.

Ja, ich könnte es vielleicht schaffen. Meine Mutter ist jetzt fast 60 Jahre alt, sie würde niemals so einen langen Weg bewältigen. Ich habe es auf Facebook gesehen, wie sie in den überfüllten Booten sitzen und versuchen, übers Mittelmeer zu kommen. Ich habe Bilder gesehen von Flüchtlingen, die ohne Wasser in Container eingepfercht waren. Nicht alle haben das überlebt. Für meine Mutter wären diese Strapazen zu groß, auch für meine kleine Schwester. Ich möchte ihnen das nicht zumuten. Ich bin der Älteste, wahr-

scheinlich ist es meine Aufgabe und meine Pflicht, vorauszuge-
hen. Fatima schaut mich noch einmal an. „Du schaffst das, Mohomad", sagt sie und lächelt mir aufmunternd zu. Es rührt mich, dass
sie so an mich glaubt. Irgendwie gibt mir das Kraft, in diese Richtung weiterzudenken. „Aber ich werde viel weinen, wenn du nicht
mehr da bist", sagt Fatima noch, und dann geht sie so leise aus
meinem Zimmer, wie sie hereinkam.

An diesem Abend gehe ich nirgends hin. Mir geht es nicht gut.
Mein Arm tut wieder weh. Ich denke manchmal, dass die Narben
der Wunden wieder aufreißen, wenn es meinem Herzen nicht gut
geht, wenn ich traurig bin und Angst habe.

In den nächsten Tagen gibt es fast nichts anderes, woran ich denken kann. Ich lese viel im Internet von Leuten, die es geschafft
haben, wie sie von ihrer Flucht erzählen. Ich rede auch mit meiner
Mutter. Sie sagt mir, dass ich es versuchen muss, wenn ich eine
Zukunft haben will. Unsere Gespräche werden immer konkreter.
Eigentlich sind wir sogar schon bei der Planung. „Dein Geld musst
du im Hemdkragen einnähen oder in den Manschetten. Du musst
es in Tüten verpacken und dann in die Schuhe stecken. Niemand
darf wissen, wieviel Geld du hast. Auf der Flucht ist jeder sich
selbst der Nächste. Sie könnten dich ausrauben. Dann hast du
nichts mehr." „Was mache ich, wenn das passiert? Wenn ich kein
Geld mehr habe?" „Ich kann dir Geld schicken. In jeder großen
Stadt kannst du über Western Union Geld bekommen." Das klingt
vernünftig. Meine Mutter stellt ein Paar Schuhe vor mir auf den
Boden. „Die habe ich dir gekauft." Es sind sehr gute Schuhe, ro-
bust und zum Schnüren, mit kräftigem Profil in der Sohle. Ich pro-
biere sie an. „Sie sind ein bisschen groß", stelle ich unsicher fest.
„Das ist gut so", meint meine Mutter. „Du kannst drei oder vier
Paar Socken übereinander anziehen. Und dazwischen auch Geld
packen. Und du musst Nähzeug mitnehmen, unbedingt. Und ein

gutes Taschenmesser. Und einen Seitenschneider, wenn du an den Grenzen Draht durchzwicken musst." Ich bin fast sprachlos. Wie viele Gedanken sie sich schon gemacht hat. Ich vermute, dass sie schon länger meine Flucht vorbereitet, länger als ich daran auch nur gedacht habe.

An einem Abend am Ende des Jahres 2014 kommt Ali vorbei, ein Freund. Ich erzähle ihm von meinen Gedanken und den Plänen meiner Mutter. „Mohomad, das klingt sehr gut", meint er. „Lass uns gemeinsam gehen!" Ich schaue ihn an. „Ist das dein Ernst?" Ali nickt. „Mich hält hier nichts mehr." Seine Worte sind für mich wie ein Fingerzeig Gottes. Mit Ali zusammen wäre ich nicht allein. Zwei Köpfe denken besser als einer. Was der eine nicht weiß, weiß der andere. Ali ist zwei Jahre älter als ich. Da erzähle ich ihm von den Plänen meiner Mutter. „Was hält uns hier noch, Mohomad?" Ali holt sein Smartphone aus der Tasche. Er hat sich sogar schon die Karte angeschaut. Wie viele Gedanken er sich schon gemacht hat. „Der Weg durch den Iran ist der längste Abschnitt", sagt er nachdenklich, „das sind über 2.000 Kilometer. Wir werden dort viel zu Fuß unterwegs sein, vor allem durch die Berge."

„Mein Onkel lebt in Indonesien", erzählt er mir und sagt auch, dass dies sein Ziel ist. „Ich möchte nach Europa, nach Deutschland", erkläre ich. Vielleicht lächle ich dabei sehnsuchtsvoll, denn Ali wackelt bedenklich mit dem Kopf. „Viele wollen nach Deutschland, Mohomad, es ist schwierig bis dorthin zu kommen. Deutschland ist auch nicht besser als die anderen Länder." „Jeder Weg auf der Flucht ist schwierig", entgegne ich. Und dann sitzen wir da und überlegen, worauf wir achten müssten, wo die größten Schwierigkeiten liegen und was wir auf jeden Fall einpacken müssen. Die Überlegungen meiner Mutter waren wirklich sehr gut, stelle ich fest. Ali ist schon älter als ich, aber er klopft mir immer wieder anerkennend auf die Schulter. Das fühlt sich gut an, und ich sprühe fast vor Eifer. Als er mich aber fragt, wann ich bereit bin, spüre ich, wie sich mein Magen zusammenzieht, und ich kann nicht sofort antworten. „Es ist nicht die beste Zeit, über die Berge zu kommen. Aber tagsüber ist es nicht zu heiß, es gibt in den nächsten Tagen keine Niederschläge und wird nicht zu kalt in der Nacht", gibt er zu bedenken. Mir ist klar, es ist ihm ernst, und ich merke, dass die Überlegungen, die ich bisher angestellt habe und unsere Pläne, die wir zusammen gesponnen haben, noch ein bisschen wie ein Spiel für mich gewesen sind, wie ein kleiner Tagtraum von der Freiheit.

Aber Ali macht das, der zieht das durch, und ich weiß, dass die Chance, die sich mir bietet, mich ihm anzuschließen, einmalig ist. Heute und hier muss ich das entscheiden! „Abgemacht?", fragt er und schaut mir in die Augen. Ich zögere. In mir scheint sich alles zu drehen. In meinen Ohren rauscht es. Ali hält seine Hand, ganz ruhig ausgestreckt, meiner entgegen. Er wartet. Ich weiß, dass es mein einziger Weg ist, wenn ich in Frieden leben will, und ich spüre, dass ich es durchziehen möchte. Ich schlage ein. Ein Wort ist ein Wort. Was für ein Augenblick! Tränen steigen in meine Augen. Auch Ali ist gerührt, doch er schluckt das hinunter. „Du darfst mit niemandem darüber sprechen, Mohomad!" „Meiner Mutter muss ich es erzählen", wende ich ein. „Deine Mutter, das ist okay, aber sonst darf niemand davon wissen."

Ali verspricht, am nächsten Abend wiederzukommen. Dann wollen wir noch einmal alles genau durchsprechen. Ich soll meinen Rucksack packen, mit ihm auf dem Rücken im Haus umhergehen und schauen, ob ich ihn auch tragen kann. Ali hat mit vielen Leuten geschrieben und gesprochen, die es schon geschafft haben. Sie haben ihm auch viele Tipps gegeben, was man auf der Flucht dabei haben muss und worauf man verzichten kann. Als Ali geht und ich die Tür hinter ihm schließen will, merke ich, wie meine

Hand zittert. Als er draußen ist, lasse ich mich hinter der Tür auf den Boden sinken, ganz langsam. Ich vergrabe den Kopf in meine Hände und atme tief durch. Abgemacht ist abgemacht. Das Wort eines Mannes gilt. Jetzt gibt es kein Zurück mehr.

3. Mit dem Motorrad durch Pakistan

Ali klopft am nächsten Abend an der Tür. Er hat seinen Rucksack dabei und ist mit einem Motorrad gekommen, das er besorgt hat. Wir haben 35000 pakistanische Rupien dafür bezahlt, für ein Fahrzeug ohne Papiere. Der Händler hat es garantiert geklaut und dann weiterverkauft. Aber das interessiert hier niemanden. Falls wir von der Polizei nach Papieren gefragt werden, geben wir denen einfach genügend Geld. Es ist dunkel, und das ist gut so. Meine Mutter hat mir geholfen, den Rucksack zu packen. Zehn Dosen Thunfisch, Rosinen, Mandeln, fünf Liter Wasser, allein das macht den Rucksack schon schwer. Sie hat mir eingeschärft, Nadel und Faden mitzunehmen. Für mein Smartphone habe ich neun Batterien dabei und eine Solaraufladestation. Das Smartphone ist unsere einzige Möglichkeit, den Weg zu finden und Verbindung mit der Familie zu halten. Wir müssen sehr vorsichtig und sparsam sein. Der Akkuverbrauch ist sehr hoch, wenn man sich mit Google Maps orientiert. In meinen großen Schuhen fühle ich mich, als hätte man mich in eine Rolle gesteckt, die ich noch nie gespielt habe und tatsächlich ist es ja auch so: Sie ist mir eigentlich ein paar Nummern zu groß.

Es wird jetzt ernst. Fatima und Hassan stehen da. Fatima klammert sich an mich. Sie weint laut. Hassan sagt gar nichts. Meine Mutter ist gefasst. Sie überlegt, ob ich alles gepackt habe. Wir gehen schnell noch einmal das Wichtigste durch. Es ist alles drin. Ich habe 4.000 Dollar dabei. Das ist sehr viel Geld. Dieses in Tüten zwischen den Socken an den Füßen zu haben, war zunächst ein komisches Gefühl. Ich habe das Geld in den letzten zwei Tagen immer wieder getragen, um mich daran zu gewöhnen. Inzwischen geht es. Ali weiß nicht, wieviel Geld ich dabei habe und ich weiß nicht, wieviel Geld er dabei hat. Es ist besser, wenn man nicht jedes Detail voneinander weiß. Nicht, dass ich ihm nicht voll vertrauen würde. Aber wenn einer von uns geschnappt wird und es dann darum geht, dass der Freund unter Umständen viel Geld dabei hat, wer weiß, wie es dann aussieht. Ich nehme sie alle noch einmal in den Arm, finde keine Worte. „Allah sei mit dir", sagt meine Mutter. Ich steige hinter Ali auf das Motorrad. Er wird zuerst fahren. Es ist ungewohnt mit so einem schweren Rucksack auf dem Rücken, auch ist sehr wenig Platz hinter Ali, weil er ja auch so einen großen Rucksack hat.

Ali startet die Maschine, und wir fahren los. Ich schaffe es nicht, mich noch einmal umzudrehen. Ali kennt eine gute Stelle, an der wir Hazara Town relativ unbemerkt verlassen können. Unser Anwesen liegt am Stadtrand, und wir kommen schnell auf die N25, den großen Highway in Pakistan, der ein ganzes Stück parallel zur afghanischen Grenze verläuft. Hier kommen wir gut voran, der Motor läuft, und ich kann es noch immer nicht glauben, dass wir es wirklich getan haben. So auf dem Highway weiterzufahren, wäre einfach und bequem. Aber wir müssen ja die Polizeiposten umgehen, und können deswegen nicht auf dieser gut ausgebauten Straße bleiben. Wir wissen den Weg Richtung iranische Grenze und wollen versuchen, sie bei Zahedan zu überqueren.

Über 700 Kilometer staubige, sandige Piste liegen vor uns. In den nächsten drei Stunden fahren wir und begegnen keiner Menschenseele. Als wir zu einer kleinen Siedlung kommen, suchen wir eine Tankstelle und beschließen, eine erste Pause zu machen und das Motorrad aufzutanken. Wir kaufen uns auch etwas zu essen und Wasser. Von den Vorräten im Rucksack wollen wir nach Möglichkeit nichts anrühren, solange wir noch in einigermaßen zivilisierter Gegend sind.

Auf der nächsten Etappe fahre ich weiter. Es ist nicht ganz einfach, die Maschine zu lenken. Die Straßen und Wege, die wir fahren, sind voller Schlaglöcher, immer wieder gibt es Stellen, an denen Sand, Kies oder größere Steine herumliegen und das Motorrad wegzurutschen droht. Ich muss höllisch aufpassen, und das Gewicht von zwei Personen mit knapp 60 Kilogramm Gepäck macht die Sache nicht einfacher. Ich hätte nicht gedacht, dass es so anstrengend und ermüdend sein würde. Zwar hatte ich versucht, tagsüber ein wenig zu schlafen, aber natürlich war das kaum möglich gewesen. Meine Gedanken hatten sich immer nur um die bevorstehende Flucht gedreht, unsere besprochene Route, unser erstes großes Ziel, und um die Sorge, ob es uns gelingen würde, das auch zu erreichen. Nun sieht es ganz gut aus, wir haben schon bald die ersten 300 Kilometer geschafft. Kalt ist es auf dem Motorrad, richtig kalt. Langsam beginnt es zu dämmern, und Ali klopft mir von hinten auf die Schulter. Ich verstehe, wir müssen jetzt einen geschützten Platz suchen, ein Versteck für den Tag, denn wir wollen nur bei Dunkelheit unterwegs sein. Noch einmal kommen wir an einer Möglichkeit vorbei, wo wir tanken und etwas zu essen und zu trinken kaufen können. Ali nimmt es in einer Plastiktüte mit hinten aufs Motorrad. Jetzt suchen wir ein Versteck.

Mitten in der bergigen Wüste biegen wir vom Weg ab. Das Motorrad kommt nur noch schwer voran. Ali steigt ab, damit wir nicht mehr so schwer sind und ich versuche, die Maschine noch ein Stück vom Weg abseits in Richtung der felsigen Hügel zu bugsieren. Schließlich drehen die Räder nur noch durch, und das Motorrad kippt fast um. Im letzten Augenblick kann ich absteigen und die Maschine auffangen. Ali hat hier ein gutes Versteck für den Tag entdeckt, eine Vertiefung in einem Fels, fast wie eine Grotte. Vom Weg aus kann man uns hier nicht sehen, selbst das

Motorrad hat darin Platz und wir sind außerdem geschützt vor der Sonne, die tagsüber doch ganz schön Kraft hat.

Hier legen wir uns hin. Ein Schlafsack oder eine Liegematte hat nicht mehr in unser Gepäck gepasst, und wir werden uns in den kommenden Tagen, Wochen und Monaten daran gewöhnen müssen, auf dem Boden zu liegen. Im Sand ist es gar nicht so übel, aber wirklich warm ist es noch nicht.

Ich spüre, wie müde ich bin, und meine Augen fallen fast von alleine zu. Richtig tief schlafen kann ich trotzdem nicht. Ali geht es ähnlich. Beim kleinsten Geräusch schrecken wir beide hoch und keiner findet zur Ruhe. Schließlich versuchen wir es so, dass einer Wache hält, und der andere sich hinlegt und die Augen schließt. So wechseln wir uns jede Stunde ab. Die Zeit vergeht sehr zäh. Gegen 16 Uhr am Nachmittag geht endlich die Sonne unter. Das war mit ein Grund, dass wir für die Flucht diesen Zeitraum des Jahres gewählt haben, denn die Stunden in der Dunkelheit sind für uns die wertvollsten.

Ali überprüft die GPS-Daten auf seinem Smartphone und schaut sich die nächste Wegstrecke bis zu unserem ersten großen Ziel an. Wir werden wohl noch einen Zwischenstopp einlegen müssen, bevor wir über die Grenze kommen. Also essen wir die Reste unserer Einkäufe, trinken etwas und schieben das Motorrad dann gemeinsam vor zum Weg. Ali ist wieder dran. Nach einer Weile habe ich das Gefühl, ich würde auf dem Motorrad festfrieren und da sehen wir von weitem schon die Lichter einer Polizeikontrolle. Mein Herz beginnt wild zu hämmern, denn noch befinden wir uns in Pakistan. Wir dürfen uns hier zwar theoretisch frei bewegen, doch die Frage ist, ob die Polizei Fragen stellen wird. Als wir näher kommen, sehen wir, dass ein Unfall passiert sein muss und die Polizei ganz andere Sorgen hat. Sie beachten uns gar nicht, und wir können einfach langsam weiterfahren. Meine Gedanken fahren Karussell. Diese unbeschreibliche Angst, die ich da gerade erlebt habe, wird wohl mein Begleiter sein für die Zeit, die jetzt vor uns liegt.

Bei unserer nächsten Rast reden wir kaum miteinander. Ich merke, dass Ali auch sehr viel nachdenken muss. Wieder Fahrerwechsel, ich fahre weiter. Jetzt muss Ali immer öfter auf dem Smartphone überprüfen, ob unsere Route noch stimmt. Wenn er mir auf die Schulter tippt, heißt das, dass ich anhalten muss. Das kostet Kraft. Solange wir in Bewegung sind, komme ich einigermaßen klar mit unserem Gewicht auf der schweren Maschine, aber wenn ich anhalten und wieder anfahren muss, wird es wirklich schwierig. Mir bleibt gar keine Zeit über den Weg nachzudenken, weil ich mich höllisch konzentrieren muss, nicht umzukippen. Ich verlasse mich ganz auf meinen Freund. Tagsüber wäre alles wahrscheinlich ein bisschen einfacher. In der Nacht ist es doppelt so beschwerlich, auf dem Weg zu bleiben, weil man immer nur genau das sieht, was das Scheinwerferlicht des Motorrads gerade ausleuchtet.

Ich sehne mich nach der Morgendämmerung, um endlich Pause machen und schlafen zu können. Doch bevor wir rasten, wäre eine Tankstelle wichtig. Das Gebiet, das wir gerade durchqueren, scheint aber völlig unbesiedelt zu sein. Die Tankanzeige am Motorrad funktioniert nicht mehr, und langsam werde ich doch etwas unruhig, weil ich nicht sicher bin, wie lange uns das Benzin noch reicht. Als wir das nächste Mal halten, um die Koordinaten zu überprüfen, spreche ich meine Gedanken aus. Ali zuckt mit den Schultern. „Wir müssen noch ein Stück weiter, Mohomad", meint er nur und zeigt mir das Smartphone, wo wir als Punkt im Niemandsland zu sehen sind.

Aber Ali wirkt sehr ruhig und überhaupt nicht besorgt. Da sage ich nichts von meiner Angst, das Benzin könnte ausgehen. Es bringt uns ja nicht weiter, wenn wir beide in Sorge sind. Besser ist es, wenn Ali klar denken kann. Also mache ich das, was ich tun soll, nämlich das Motorrad zu fahren, und ich gebe mir alle Mühe, es gut zu machen.

Endlich kann ich am Horizont so etwas wie eine kleine Siedlung erkennen. Wir steuern von der staubigen Sandpiste auf eine Straße. Es ist die N40, der andere große Highway durch Pakistan. Erleichterung durchströmt meinen Körper, denn hier ist die Wahrscheinlichkeit, eine Tankstelle zu finden, viel größer. Inzwischen ist es schon fast hell geworden, und wir kommen tatsächlich zu einer Tankstelle, die am Highway liegt. Wir tanken, ich bezahle und besorge uns Lebensmittel, Wasser und Zigaretten. Es ist zwar dumm, zu rauchen (meine Mutter darf das nicht wissen), aber wenn ich rauche, kann ich die Angst vertreiben, dann ist da nur Nebel in meinem Kopf und für einen Augenblick fühlt sich alles ein bisschen leichter an. Ich bezahle mit meinem letzten Geld, das ich lose habe. Bevor wir über die Grenze gehen, muss ich zum ersten Mal ein paar Scheine aus einer Tüte am Fuß holen. Zum Glück ist um diese Tageszeit noch fast niemand unterwegs und wir werden nicht behelligt. Ali hat sich in der Zwischenzeit offenbar orientiert und ein gutes Versteck für uns und das Motorrad ausfindig gemacht.

Es ist ein kleines Wäldchen aus lauter niederem Gestrüpp, zum Teil mit Dornen. Wir schieben die Maschine, was nicht einfach ist, aber ich denke mir, freiwillig geht hier keiner durch, das scheint ein sicheres Versteck für den Tag zu sein. Ali dreht immer wieder um und verwischt die Spuren, die unser Motorrad und unsere Füße im Sand hinterlassen, mit einem Zweig. Sicher ist sicher. Ich bin so froh, als wir die Maschine im Gebüsch abstellen und uns selbst an den Fuß eines dichten Strauches setzen. Ali öffnet die Tüte und schaut, was ich eingekauft habe. Er grinst mich zufrieden an und beginnt zu essen. Ich kann nichts essen, mein Magen ist wie zugeschnürt, aber ich zwinge mich, ein paar Schlucke zu trinken. „Schlaf du zuerst, Mohomad", sagt Ali und klopft auffordernd auf den Boden. Mein Körper scheint nur darauf gewartet zu haben, denn ich sinke in den Sand, schließe die Augen, und die Erschöpfung lässt mich augenblicklich einschlafen. Anders als am Tag davor schlafe ich tief und fest und werde erst wach, als Ali mich rüttelt. Er möchte nun auch schlafen.

Mühsam rappele ich mich hoch und reibe die Augen. Vielleicht hilft es, wenn ich erst einmal eine Zigarette rauche, vielleicht geht dann die bleierne Müdigkeit weg. Ali legt sich hin und schläft. Ich nutze die Gelegenheit, um meine Schuhe auszuziehen. Ein unangenehmer Geruch steigt heraus, und ich beschließe, sie ein wenig auslüften zu lassen. Aus der Tüte am rechten Fuß entnehme ich zwei 100-Dollar-Scheine und aus der Tüte am linken Fuß vier 50-Dollar-Scheine. Keine Ahnung, wieviel wir brauchen, um über die Grenze zu kommen. Dann packe ich alles wieder sorgfältig ein. Eigentlich könnte ich selbst mal nachschauen, wo wir uns genau befinden. Ich hole mein Smartphone aus dem Rucksack, schalte es ein. Der Blick auf die Karte macht mir Hoffnung. Wir werden es in der nächsten Nacht bis zur Grenze schaffen. Ali scheint auch ganz tief zu schlafen. Wir werden später besprechen, wie es weitergeht. Za-he-dan, sage ich mir, wir müssen es einfach schaffen. Ali dreht sich um, sein Schlaf wird unruhiger. Ich räuspere mich, da wacht er auf. „Ali, wie geht es weiter?", frage ich ihn. Und dann besprechen wir genau, was wir in den nächsten Stunden machen wollen.

Als es dämmert, setzen wir unsere Rucksäcke auf und schieben die Maschine vor zum Weg. Ali fährt jetzt, und darüber bin ich froh. Ein paar Kilometer vor der Grenze hält er an. Wir lassen das Motorrad in einem Gebüsch stehen und gehen zu Fuß weiter bis zu einem kleinen Dorf. Hier sammeln sich viele Flüchtlinge, das sehe ich sofort, und natürlich gibt es auch Einheimische, die Geschäfte machen mit denen, die über die Grenze wollen. Auch wir werden sofort als Hilfesuchende erkannt, und ein Händler kommt auf uns zu. Zuerst fragt er uns, ob wir Tabak wollen. Das verneinen wir und steuern stattdessen ein kleines Geschäft an, in dem wir uns noch einmal Lebensmittel, vor allem Brot, etwas Käse und Wasser kaufen. Nur mit viel Mühe können wir es in unseren Rucksäcken unterbringen. Als wir alles verstaut haben, kommt der Mann noch einmal auf uns zu, und Ali erklärt ihm, dass wir einen sicheren Weg über die Grenze suchen. Er macht mit seinen Fingern das Zeichen, dass er Geld von uns möchte. Ich gebe ihm 100 Dollar, er hält die Hand weiterhin auf. Warum redet er nicht mit uns? Aber wenn er nicht sprechen möchte, hat das sicher einen Grund. Ich lege noch einmal 50 Dollar hinein und habe die Worte meiner Mutter im Ohr, immer vorsichtig zu sein mit Geld, damit keiner merkt, wieviel ich wirklich dabei habe. 150 Dollar kostet es uns also und er bedeutet uns, ihm zu folgen.

Kurz darauf stehen wir vor einer hohen Mauer. Hier scheint keine Grenzpatrouille zu sein oder zumindest im Augenblick nicht. Oben auf der Mauer ist Stacheldraht zu einer Rolle geformt. Wie sollen wir diese Mauer überwinden? Doch es geht, gemeinsam geht es. Ali ist ein wenig leichter als ich, er klettert mir auf die Schultern und dann auf die Mauer. Dort schneidet er den Draht durch, lässt ein Seil herunter und ich klettere am Seil hoch. Auf der anderen Seite lasse ich mich hinunter und er versucht nun, auf meine Schultern zu steigen. Doch ich kann seinem Gewicht nur schwer standhalten, das da von oben kommt und wir kommen ganz gewaltig ins Torkeln. Mit letzter Kraft kann ich ihn halten. Es geht gerade noch gut. Ali landet auf dem Boden, wie eine Katze auf allen Vieren, springt auf und klopft sich den Sand von der Kleidung. Wir sind jetzt im Iran. Von jetzt an müssen wir noch besser aufpassen.

4. Zu Fuß durch den Osten des Iran

Die Stelle, an der wir die Grenze überquert haben, ist nicht besonders stark frequentiert. Ich bin sehr froh, dass der Händler uns einen sicheren Übergang gezeigt zu haben scheint. Die Stadt Zahedan liegt nordwestlich von uns, wir sehen ganz in der Ferne ihre Lichter. Ali und ich reden nicht viel. Es ist dunkel, aber der Mond scheint, und unsere Augen haben sich schnell an die Lichtverhältnisse gewöhnt. Trotzdem muss man vorsichtig sein. Ohne Motorrad kommen wir nur langsam voran. Die Rucksäcke sind durch das Gewicht der neu gekauften Lebensmittel- und Wasservorräte noch schwerer geworden und drücken mächtig auf die Schultern. Man muss sich erst daran gewöhnen, sage ich mir, und setze Schritt vor Schritt.

Vor uns liegen etwa 2.000 Kilometer bis Teheran, davon rund 200 Kilometer durch die Berge. Wir gehen in einem Tempo, das nicht zu schnell ist und kommen in einer Stunde vielleicht drei oder vier Kilometer voran. Wir wollen in die Stadt. Ali möchte noch ein Messer kaufen. Er sagt, man brauche ein gutes Messer, wenn man in die Berge geht, es gebe hier Wölfe, Leoparden, Bären und Schlangen. Also gehen wir in Richtung der Stadt.

Das Nachtleben in den Straßen und den Bazaren von Zahedan erinnert mich an zuhause. Ich merke, dass wir richtig stinken, und wünsche mir eine Dusche und frische Kleidung. Plötzlich hält uns ein Polizist an. Erschrocken zucke ich zusammen, doch er scheint nichts Böses zu wollen. Als er nach unseren Papieren verlangt, zeigt Ali ihm seinen Ausweis. Ich habe keinen und gebe ihm 30 Dollar. Da nickt er und erklärt uns noch, wo wir uns duschen und wo wir etwas zum Anziehen kaufen können. Das ist nicht schwierig. Zuerst kaufen wir neue Kleidung und eine neue Sim-Karte für unsere Handys, dann gehen wir zu den Duschen. Für ein paar Dollar kann man diese Duschen benutzen, die es entlang der Straße gibt. Viele Menschen haben zuhause kein Bad, deswegen ist es ganz normal, in eine öffentliche Dusche zu gehen. Als ich meine Kleider ausziehe, erschrecke ich über den Staub und den Gestank und ekle mich vor mir selbst. Tut das gut, warmes Wasser zu spüren und den Dreck und Gestank mit Seife abzuwaschen. Die staubigen und verschwitzten Kleider lassen wir dort.

Viele machen das so. Man kann sich nicht waschen auf der Flucht, man hat nur das, was man auf dem Leib trägt. Die Kleidung im Rucksack ist für den Notfall oder wenn es kälter wird. Wir kaufen uns noch eine Wolldecke, denn die Nächte und auch die Tage sind jetzt im Januar doch sehr kalt, vor allem in den Bergen. Wir essen etwas auf der Straße, das schmeckt uns sehr gut. Lachend und scherzend stoßen wir uns gegenseitig an, machen ein paar Selfies. Für Augenblicke vergesse ich, dass wir auf der Flucht sind, so ausgelassen bin ich plötzlich.

Nach vielleicht zwei Stunden sagt Ali: „Mohomad, wir müssen jetzt weiter! Wir müssen draußen in den Bergen sein, bevor es hell wird."

Ich nicke, packe meine Sachen, wir setzen unsere Rucksäcke auf und wandern wieder los. In den Bergen ist die Wahrscheinlichkeit, irgendwo ein Versteck zu finden, am größten. Bald schon wird der Weg ziemlich ungemütlich. Felsbrocken liegen auf dem sandigen Boden. Der Pfad, dem wir folgen, schlängelt sich nun auf und ab in dieser bergigen Landschaft. Wir haben nicht mehr viel Zeit, bis es hell wird, aber wir fühlen uns gut, denn wir sind frisch geduscht und stinken nicht mehr. Wir hatten ein richtig gutes Essen, und der Polizist war freundlich und mit 30 Dollar zufrieden. Wir beschließen, uns zwischen ein paar Felsbrocken zu verstecken, um endlich schlafen zu können. „Du weißt, es gibt hier Schlangen,

Mohomad", warnt mich Ali. Ich nicke. Natürlich weiß ich, dass es hier Schlangen gibt. In Pakistan gibt es auch Schlangen. Dennoch ist es etwas anderes, ihnen völlig zufällig begegnen zu können, als sich mitten in die Gegend schlafen zu legen, in der sie am wahrscheinlichsten vorkommen.

Da es zu unsicher wäre, wenn wir beide schlafen, müssen wir uns wieder abwechseln. Ali beginnt. Das ist mit am schlimmsten, wach bleiben zu müssen, obwohl einem ständig die Augen zufallen wollen. Immer wieder sinkt mir mein Kopf nach vorn und ich schrecke hoch und ich stelle beschämt fest, dass ich doch eingenickt bin. Es ist langweilig. Ich kann nichts tun, außer mit ein paar kleinen Steinen zu versuchen, die dürren Blätter eines Strauches zu treffen, der vor unserem Versteck wächst und uns noch ein bisschen mehr Schutz und Deckung gibt. Als ich endlich schlafen darf, bin ich schon beinahe über dem Punkt und brauche eine Weile, bis ich in den Schlaf finde. Als es zu dämmern beginnt, stärken wir uns mit ein wenig Brot und Käse. Ali hat auch Chilis gekauft in Zahedan, die essen wir dazu. Scharfes Essen ist gut.

Dann wuchten wir uns die schweren Rucksäcke auf den Rücken und wandern weiter. Der Pfad ist nicht besonders breit, einfach ist das nicht, noch dazu ohne Taschenlampe und mit dem vielen Gepäck. Ich überschlage, wie weit wir wohl an diesem Tag kommen werden. Das nächste erreichbare Dorf liegt etwa drei Tagesmärsche entfernt von hier. Drei lange Tage oder Nächte weit weg. Bis dahin müssen wir mit unseren Essens- und Wasservorräten auskommen. In den nächsten Stunden wird es immer anstrengender. Wir machen nur kurze Pausen und trinken ein paar Schlucke. Noch haben wir etwas Zeit, bis die Sonne aufgeht, aber ich merke, wie meine Kräfte schwinden, wie meine Knie wackelig werden, wie mein Magen rumort und nach Nahrung verlangt. Ich könnte jetzt alle zehn Dosen Thunfisch und das restliche Brot auf einmal verdrücken, so sehr giert mich nach Essen. „Ich will Pause machen, Ali", sage ich und schäme mich dafür, denn ich klinge wie ein kleiner Junge.

„Ich auch, Mohomad, glaube mir. Aber ich würde gerne noch eine Stunde bis Sonnenaufgang gehen!" Wir sprechen einander Mut zu, das mobilisiert die letzten Kräfte. Dennoch ist diese letzte Stunde vor Sonnenaufgang die härteste und längste. Das wird auch in den kommenden Tagen, Wochen, Monaten so bleiben, denke ich bitter und kann zu diesem Zeitpunkt nur ahnen, wie ich Recht behalten werde.

Wieder schlafen, wachen, schlafen, wachen, essen, trinken und weitergehen, wenn es dunkel wird. Nach dem dritten Tag, als wir in der Morgendämmerung wieder in den Sand sinken in einem Versteck in den Bergen, essen wir unser letztes Stück Brot. Ich habe noch vier Dosen Thunfisch, ein paar Mandeln und Rosinen, aber kein Wasser mehr. Ali hat noch eine kleine Flasche, er war sparsamer oder strenger zu sich. Ich muss also den ganzen Tag ohne Wasser auskommen und danach können wir nur hoffen, dass wir in der nächsten Nacht ein Dorf erreichen. Laut Karte ist es möglich, doch wir müssen es erst finden. Dieser Tag wird quälend lang. Als Ali schläft und ich Wache halte, ertappe ich mich dabei, wie ich immer wieder zu seinem Rucksack schiele, in dem die halbvolle Wasserflasche steckt. Ich stelle mir vor, wie das kühle Nass meine Lippen benetzt und meine Kehle hinabrinnt. Diese Versuchung macht es nicht gerade einfacher, mit der Situation klarzukommen. Immer dann, wenn man kein Wasser mehr hat, muss man ständig daran denken. Er lähmt mich, er quält mich, er macht mich beinahe zum Dieb. Aber nur beinahe, denn Ali wacht rechtzeitig auf und nun darf ich schlafen. Im Schlaf ist der Durst vergessen, das ist gut.

Ali ist ein wahrer Freund. Er hat den ganzen Tag über aus Solidarität zu mir ebenfalls fast nichts getrunken. Am Abend nimmt er eine der leeren Wasserflaschen aus meinem Rucksack und teilt den Inhalt seiner Flasche ganz genau für uns auf. Ich bin zutiefst gerührt und falle ihm voll Freude und Dankbarkeit um den Hals. Am liebsten würde ich den ganzen Inhalt der Flasche auf einmal hinunterstürzen, doch ich schaffe es, nur ein paar Schlucke zu trinken und den Rest wegzupacken. Wir können ja nicht sicher sein, dass wir es wirklich bis zum Dorf schaffen in dieser Nacht. Bevor es losgeht, schauen wir uns noch einmal die Karte an. „Das schaffen wir", meint Ali zuversichtlich und klopft mir aufmunternd auf die Schulter.

Ich schlucke meine Zweifel hinunter und nicke. Wird schon, es muss ja, denke ich.

In dieser Nacht kommen wir nur langsam voran, da der Mond von Wolken bedeckt ist. Das kommt in dieser Gegend nicht oft vor, und wir hoffen, dass es keinen Regen oder in den höheren Lagen sogar Schnee gibt. Unsere Füße tasten sich mühsam voran, aber wir legen trotzdem eine beachtliche Strecke zurück und erreichen nach knapp fünf Stunden das nächste Dorf.

Ich vermute, dass wir nicht die ersten Flüchtlinge sind, welche diese Menschen zu Gesicht bekommen. Man scheint sich hier schon ein bisschen darauf eingerichtet zu haben, denn seltsamerweise kann man in diesem Dorf genau die Dinge kaufen, die uns nun am nötigsten fehlen. Eine Dusche gibt es allerdings nicht, aber einen kleinen Dorfbrunnen mit sauberem Wasser. Dort waschen wir uns und holen uns danach in einer der kleinen Garküchen etwas Anständiges zu essen. Persisches Essen ist sehr lecker, es gibt immer Reis und Brot dazu. Heute haben wir Hähnchenfleisch, es ist etwas Gemüse dabei, dazu viele Zwiebeln, und es ist richtig scharf. Ali holt diesmal ein wenig mehr Brot und vor allem

Wasser. Auch unsere Vorräte an Dosenfisch, Trockenfrüchten und Nüssen müssen wieder aufgefüllt werden. Ich kaufe noch ein paar Zitronen und nehme mir vor, diese gut aufzubewahren. Wenn mir mal wieder das Wasser ausgeht, werde ich ein Stück Zitrone essen, das wird den Durst nehmen.

Als wir alles erledigt haben, verlassen wir das Dorf und gehen noch ein Stück weiter. Inzwischen ist es hell geworden, aber wir sind in einer so einsamen Gegend, dass meine Angst, einer Polizeipatrouille zu begegnen, gegen Null geht. Trotzdem müssen wir bald Pause machen, denn unsere Kräfte sind nach acht, neun oder zehn Stunden Marsch aufgezehrt. Also heißt es wieder, für den Tag über ein verstecktes Lager zu suchen.

Nach einigen weiteren Tagen und Nächten erreichen wir Kerman. Der Weg durch die Berge war sehr anstrengend. Hier können wir endlich wieder einmal duschen und uns neu einkleiden. Das ist eine Wohltat. Meine Füße scheinen manchmal in den Schuhen zu kochen, und entsprechend riecht es auch. Endlich wieder etwas anderes essen als Trockenfrüchte und Dosenfisch. Wasser trinken zu können ohne Reue, ohne sich selbst bremsen zu müssen, das tut gut. In diesen Momenten sind Ali und ich einfach nur glücklich. Nach ein paar Stunden in der Stadt werden wir unruhig, denn es ist sicherer, wenn wir uns nicht an Orten aufhalten, an denen viele Menschen sind. Wir wollen keine Fragen beantworten müssen. Zum Glück will hier keiner was von uns.

Ali schaut auf seine Karte. Unsere nächste Station ist Isfahan. Davor liegt eine tiefe Schlucht. Wollten wir zu Fuß gehen, müssten wir einen gewaltigen Abstieg und anschließend wieder einen ebenso anstrengenden Aufstieg bewältigen. Die Straße, die in der Höhe entlangführt, macht darum einen großen Bogen. Wir überlegen kurz und beschließen dann, das Stück bis Isfahan, immerhin fast 700 Kilometer, mit dem Bus zurückzulegen. Wir füllen unsere

Vorräte wieder auf und gehen zum Busbahnhof. Es verkehren hier zwar viele Busse ab, doch bis unser Bus abfährt, müssen wir noch über drei Stunden warten. Kurz überlege ich, ob ich mich bei meiner Mutter melden soll, aber ich bin unsicher. Ali meint, wir sollten bis Teheran warten. Es ist ungewohnt für uns, mitten in einer Großstadt zu sein, obwohl die Nacht vorbei ist – so als würde das Tageslicht uns bloßstellen, unser Geheimnis verraten. Ich gehe auf eine Toilette, um wieder Dollar aus meinem Versteck in den Socken zu holen. Gut, dass die Scheine in einer Tüte verpackt sind. Bestimmt wären sie sonst schon aufgeweicht vom Schweiß und der Hitze, die im Schuh gefangen sind.

Der Bus, der uns das nächste Stück weiterbringt, ist klein und wird sehr voll. Wir müssen 4.000 Toman bezahlen, das sind umgerechnet etwa acht Dollar. Wir sind beide sehr müde. Als wir einen Platz im Bus ergattert haben und dieser losfährt, macht uns das Ruckeln und Schaukeln so schläfrig, dass uns bald die Augen zufallen und wir einschlafen. Unser Körper hat sich schon an den veränderten Wach- und Schlafrhythmus gewöhnt und verlangt nach Ruhe, sobald es hell zu werden beginnt. Natürlich ist es kein tiefer Schlaf, immer wieder schrecken wir hoch, und ich brauche ein bisschen, bis ich mich orientiert habe. Unsere Rucksäcke haben wir auf unsere Beine gelegt, mit der Zeit werden sie richtig schwer und wir sitzen dicht an dicht. Der Bus ist so voll, dass manche Fahrgäste auch stehen müssen. Da hatten wir Glück. Wenn ich zwischendurch nach draußen sehe, muss ich daran denken, dass wir für die Strecke, die wir jetzt in knapp neun Stunden zurücklegen, bestimmt fast 14 Tage zu Fuß gebraucht hätten. Der Bus bringt uns dem nächsten Ziel ein ganzes Stück näher, und als wir das Schild mit der Aufschrift „Isfahan" passieren, durchströmt mich eine Welle der Erleichterung und ich grinse Ali an. „Wir sind schon ganz schön weit gekommen, was?", meint er und lächelt stolz zurück.

Als wir aus dem übervollen Bus steigen oder vielmehr geschoben werden, müssen wir uns erst einmal orientieren. Es ist schon später Abend, und wir möchten die Zeit nutzen, um weiterzukommen. Viel gegessen haben wir tagsüber nicht, getrunken auch nicht, denn der Bus hat nur einmal kurz gehalten, damit man pinkeln konnte. Das Trinken holen wir jetzt nach. Ali kauft sich noch ein zweites gutes Messer. Die Strecke, die bis Teheran vor uns liegt, führt noch einmal durch die Berge. Hier gibt es wieder viele wilde Tiere, mehr als auf der ersten Hälfte, sagt Ali. Die Strecke wird durch einen großen Nationalpark führen. Ich habe Angst vor wilden Tieren, aber noch größere Angst habe ich vor den Menschen. Vor den Menschen, die nicht gut sind im Herzen. Sie sind unberechenbar. Tiere töten nur aus Hunger. Böse Menschen töten aus Lust. Das werde ich nie verstehen.

Nachdem wir uns gestärkt haben, verlassen wir Isfahan. Wir wollen bis zur nächsten größeren Siedlung, Murchehkort, durch die Berge wandern. Wenn wir uns noch mehr anstrengen, schaffen wir das in zwei oder drei Tagen. Von dort aus können wir vielleicht noch einmal einen Bus bis Meymeh bekommen. Von dort bis Mahallat müssen wir durch die Berge und den Nationalpark, den Rest bis Teheran wollen wir dann wieder einen Bus nehmen. So ist unser Plan.

Die Tagesetappen sind anstrengend, aber es ist hier einfacher, nach zwei oder drei Tagen ein Dorf oder eine kleine Stadt anzusteuern.

Die Tiere halten sich von uns fern. Ein paarmal hören wir in der Ferne Wölfe heulen, aber das macht mir keine Angst. Wir sind nachts ja in Bewegung, da hören wir vor allem unsere Schritte, das Knirschen der Steine und des Sandes unter unseren Stiefeln. Tagsüber, wenn wir uns verstecken und schlafen, verstecken sich auch die Tiere. Einmal, als ich hinter einem Busch pinkeln will, raschelt es plötzlich und etwas faucht laut. Mein Herz bleibt fast stehen, denn ich habe so ein Fauchen noch nie gehört. Regungslos verharre ich, meine Beine sind wie gelähmt, ich kann auch nicht schreien. Da sehe ich eine Schlange, vielleicht 60 oder 70 Zentimeter lang. Sie hat sich aufgerichtet, ihr Maul aufgerissen, und sie ist es, die so bedrohlich faucht. Ich bleibe stehen, denn ich kann gar nichts anderes tun. Ich glaube, es ist eine Viper. Auf jeden Fall ist sie giftig, und ich möchte nicht von ihr gebissen werden. Doch die Schlange hat vor mir mindestens so große Angst wie ich vor ihr und beschließt, sich wieder unter den Felsen zu verkriechen. Mir fällt ein Stein vom Herzen und langsam weicht auch die lähmende Angst. Mit zitternden Knien suche ich mir eine andere Stelle.

Außer dieser Begegnung haben wir wirklich Glück und kommen auch gut durch den Nationalpark. Hier ändert sich die Landschaft, es wird grün, es gibt mehr Bäume und wir müssen nun aufpassen, weil hier auch Leoparden leben. Immer wieder finden wir Wasser, in dem wir uns erfrischen, die Schuhe ausziehen und die Füße waschen können. So ganz wie geplant kommen wir allerdings nicht voran. Ein paarmal verlieren wir das GPS-Signal und bemerken erst nach einigen Stunden, dass wir im Zickzack gelaufen sind. Nur ein einziges Mal kommt es zwischen Ali und mir deswegen zu einem Streit. Das war aber meine Schuld, denn ich habe mich auf ihn verlassen und bin ihm einfach hinterher gegangen. Er hatte den richtigen Weg nicht gleich gefunden, und ich war an diesem Tag schrecklich müde gewesen. Seit kurzem habe ich auch immer wieder seltsame Schmerzen im Rücken und im Bauch, die kann ich gar nicht richtig beschreiben. Einmal war der Schmerz so schlimm, dass ich mich hinlegen musste. Ali wurde deshalb ungeduldig. Da schrie ich ihn an, er solle doch alleine weitergehen.

Zum Glück blieb er, doch er sagte zu mir, ich solle mehr trinken. Diese Attacke ging vorbei, und wir sind weitermarschiert.

Das letzte Stück bis Teheran können wir wieder mit dem Bus fahren. Es sind ein paar hundert Kilometer, und es tut gut, sich im Bus sitzend ausruhen zu können. Einerseits bin ich froh, dass wir unser nächstes großes Ziel erreichen. Doch mir ist auch etwas mulmig. Ali will nach wie vor Richtung Indonesien weiter, von dort aus nach Australien, wohin es sein Onkel schon geschafft hat. Mein Ziel bleibt Europa, bleibt Deutschland. In Deutschland sind die Menschen hilfsbereit. Deutschland ist ein reiches Land. Sie haben Platz für uns, man kann dort Arbeit finden und ein Leben in Freiheit führen. In Deutschland kann man zur Schule gehen. Hier in Teheran leisten wir uns eine Nacht im Hotel. Ali hat Papiere, er bucht das Zimmer. Es ist ein kleines Hotel, aber wir haben eine Dusche auf dem Flur und können uns endlich wieder neu einkleiden und frisch machen.

Teheran ist eine große Stadt, eine schöne Stadt, aber es sind viele, viele Menschen hier. Ich habe immer Angst, dass jemand kommt, der mich festnimmt und nach Pakistan zurückschickt. Ali hat Kontakt zu einem Onkel aufgenommen, der in Teheran lebt. Wir dürfen eine Nacht bei dessen Familie wohnen. Diese Pause tut gut und bei einer Familie zu Gast zu sein gibt mir Sicherheit. Ich schreibe meiner Mutter eine Nachricht mit dem Smartphone, schreibe ihr, dass es mir gut geht. Sie antwortet, dass sie mir noch einmal Geld schicke und dass ich mir das Geld abholen solle, denn die weitere Flucht würde mehr Geld kosten als das, was wir bisher ausgeben mussten. In diesen zwei Tagen in Teheran denke ich viel nach und schaue mir auf dem Handy Karten an. Ab morgen werde ich auf mich allein gestellt sein, auf dem Weg von Teheran Richtung türkische Grenze, auf meinem Weg in die Freiheit!

5.   Von Teheran zur türkischen Grenze

In Teheran leben viele Flüchtlinge, die meisten sind illegal hier. Man trifft sie überall auf der Straße, und ich stelle fest, dass sich alle gegenseitig helfen. Bevor ich allein weiterziehe, brauche ich dringend Schmerztabletten. Alis Onkel vermutet, dass ich Probleme mit den Nieren habe, weil ich in den letzten Wochen meist viel zu wenig getrunken habe. Er schärft mir ein, ab jetzt jeden Tag ausreichend Flüssigkeit zu mir zu nehmen. Zu einem Arzt kann ich ohne Ausweis und als illegal Eingereister nicht gehen. Aber ich kann mir hier Schmerztabletten besorgen, Tramadol. Die Tabletten haben 800 mg Wirkstoff. Ich brauche etwa sechs davon pro Tag, um es einigermaßen aushalten zu können.

Es fällt mir nicht leicht, von Ali Abschied nehmen zu müssen. Wir sind zu einem guten Team zusammengewachsen, und er hat mir in den letzten Wochen viel Sicherheit gegeben. Ein einziges Mal habe ich ihn noch gefragt, ob er sich nicht doch vorstellen könne, mit mir Richtung Europa zu gehen. Doch er ist bei seinem Entschluss geblieben. „Alle wollen nach Europa, Mohomad", hat er gesagt. „Ich mache es wie mein Onkel. Erst Indonesien, von dort nach Australien. In Europa wirst du ganz schnell abgeschoben. Ich habe schon viele schlimme Berichte über Ungarn gehört, da musst du erst mal durch." Mein Einwand, dass Australien die Einreise begrenzt und dass von 2009 bis 2013 über 50.000 Menschen in Australien Asyl beantragt haben, stößt bei ihm auf taube Ohren.

Am nächsten Morgen packe ich meinen Rucksack. Ali hat vor, noch ein paar Tage in Teheran zu bleiben und von hier aus seine Flucht ein bisschen konkreter zu planen. Als wir uns verabschieden, ist uns beiden bewusst, dass wir uns vermutlich das letzte Mal umarmen. „Danke für alles, Ali", sage ich leise und muss mich konzentrieren, dass meine Stimme nicht zu versagen droht. „Ich habe zu danken", erwidert er. „Allein wäre keiner von uns los, Mohomad", meint er. „Ab hier ist jeder stark genug. Allah sei mit dir." „Allah sei mit dir", antworte ich. Wir klopfen einander noch einmal auf den Rücken. Dann setze ich meinen Rucksack auf, bedanke mich bei Alis Verwandten für ihre Gastfreundschaft und gehe. Alis Onkel kommt noch mit und zeigt mir, wo ich meine Tabletten besorgen kann. „Viel Glück, Mohomad", sagt er zum Abschied. Jetzt bin ich wirklich auf mich allein gestellt.

Als ich die Tabletten habe, spreche ich einen Mann auf der Straße an, der afghanisch aussieht. „Kannst du mir helfen?" Er nickt. Ich frage ihn, wie ich schnell zur Grenze Richtung Türkei komme und gebe ihm Geld. Er sagt mir, dass ich warten soll und kommt mit einem zweiten Mann zurück. Dieser bringt mich zu einem Platz, auf dem Taxis stehen. Dort warten auch viele andere Leute. Der Kontaktmann möchte wissen, ob ich Papiere habe, einen Ausweis. Ich schüttle den Kopf. Das bedeutet, dass mich die Fahrt mit dem Taxi dreimal so viel kosten wird. Acht Personen quetschen sich in ein kleines Auto. Es ist alles andere als bequem. Ganz offensichtlich legen nicht alle Flüchtlinge Wert darauf, sich zwischendurch zu duschen und die Kleidung zu wechseln. Ich versuche, nur durch den Mund zu atmen. Die Fahrt dauert etwa acht Stunden. Wir machen nur eine kurze Pause, damit wir auf die Toilette gehen und etwas trinken können. Wir fahren bis Täbris, eine weitere große Stadt im Nordwesten des Iran. Von hier aus müssen wir dann zu Fuß weiter. Wir wollen noch etwas essen, es ist schon Abend geworden. Die Menschen aus dem Taxi haben alle das gleiche Ziel wie ich, sie wollen über die türkische Grenze und weiter nach Europa.

Ein beschwerlicher Weg durch die Berge liegt vor uns. Auch hier gibt es einen Nationalpark, in dem viele Tiere leben sollen, denen ich nicht unbedingt begegnen möchte. Am Anfang gehen wir gemeinsam. Aber ich muss feststellen, dass ich das Tempo der anderen nicht mithalten kann. „Wir können nicht auf dich warten, sorry", sagen sie, und schon nach ein paar Stunden bin ich allein. Zum ersten Mal ganz allein, mitten in der Nacht, allein im Iran, am Fuße der Berge. Immer wieder bleibe ich stehen, trinke ein paar Schlucke, muss eine neue Tablette nehmen, um die Schmerzen erträglicher zu machen. Den Weg zu finden, ist nicht so schwer. Ab und zu kontrolliere ich die GPS-Daten. Aber man kann leicht erkennen, wo die Menschen entlang gehen. Diejenigen, die hier unterwegs sind, haben meist das gleiche Ziel, nämlich die Grenze zur Türkei. Entlang der Flüchtlingswege liegt ziemlich viel Müll auf dem Boden, das sind Spuren, die nicht schön sind. Aber wer macht sich schon die Mühe, die leergetrunkenen Plastikflaschen mitzunehmen, wenn man froh ist über jedes Gramm an Gewicht, das man weniger auf dem Rücken tragen muss?

Immer wieder sieht man Stöcke, die in den Boden geklopft wurden. Zettel mit Namen sind daran befestigt. Es sind die Namen von Menschen, die diesen Weg gegangen sind. Jeder geht seinen Weg in die Freiheit auf seine Weise, denke ich. Aber an einer Stelle mache ich das auch. Ich finde einen schönen Stock am Wegesrand, suche mir einen großen Stein und klopfe den Stock in die Erde. Das geht nicht besonders gut, weil der Boden sehr hart ist. Hoffentlich hält der Stock. Ich habe rote Schnur im Rucksack. Davon schneide ich ein Stück ab, befestige ein Schild aus Pappe dran, das ich von einer Verpackung wegreiße und schreibe meinen Namen drauf. Jetzt kann jeder sehen, dass ich hier entlang gegangen bin. Die Schnur habe ich mit dem Messer abgeschnitten, das ich seit Beginn meiner Flucht im Rucksack trage. Es ist ein langes Messer, und ich überlege, ob ich es jetzt vielleicht besser griffbereit haben sollte, nachdem ich ganz allein unterwegs bin. Wie könnte ich es denn verbergen? Da kommt mir eine Idee. Ich stecke den

Messergriff in meinen Jackenärmel und wickle einen Schal um die Klinge, die nun auf meinem Handrücken aus der Jacke schaut. Wenn ich stürzen sollte, kann mich die Klinge nicht verletzen, man kann das Messer nicht auf den ersten Blick als solches erkennen, aber ich habe es griffbereit zur Hand, sollte ich es brauchen. Irgendwie fühle ich mich nun sicherer.

Als es zu dämmern beginnt, suche ich mir einen guten Platz, um in sicherer Deckung ausruhen und schlafen zu können. Jetzt ist keiner mehr da, der Wache halten kann. Ich bin auf mich allein gestellt. Ein wenig verwundert bin ich, dass ich schon so viele Stunden niemand getroffen habe, obwohl doch so viele Menschen auf diesem Pfad unterwegs zu sein scheinen. Was für eine Wohltat, den schweren Rucksack vom Rücken zu nehmen, sich hinzusetzen, die Schuhe auszuziehen und die Augen zu schließen.

Richtig schlafen kann ich nicht. Die zwei Nächte in Teheran haben meinen Rhythmus ein wenig durcheinander gebracht. Offenbar bin ich noch nicht erschöpft genug oder auch zu nervös, seit ich allein bin. Also schaue ich noch einmal auf der Karte nach. Mein Ziel lautet iranisch-türkische Grenze; bei Özalp möchte ich in die Türkei kommen. In Teheran habe ich in einem Park mit einem Jungen gesprochen, der mir einige Dinge erzählt hat, die ich sehr nützlich fand. Ich hoffe, dass ich das nun umsetzen kann und alles gut gehen wird. Wenn ich mir die Strecke so anschaue, die bis zur Grenze vor mir liegt, und überschlage, wie viele Kilometer ich pro Nacht zurücklegen kann, werde ich mindestens 20 Tage unterwegs sein. Der Blick auf die Karte zeigt mir allerdings auch, dass es nicht immer einfach sein wird, alle zwei bis drei Tage ein Dorf anzusteuern, um die Wasservorräte aufzufüllen und Lebensmittel zu kaufen. Das macht mir ein wenig Sorge, und obwohl ich weiß, dass ich wegen meiner Nieren viel trinken soll, muss ich sparsam mit dem Wasser umgehen. Irgendwann fallen mir dann doch die

Augen zu, und mich überkommt ein unruhiger Halbschlaf mit wirren Träumen. Wirklich erholt bin ich nicht, als es dämmert. Ich esse ein wenig Brot. Zusammen mit Ali hat mir dieses abendliche Mahl, bevor wir zum Weitermarsch aufgebrochen sind, irgendwie mehr bedeutet. Nun dient es nur dazu, den grummelnden Magen zu besänftigen, aber ich schmecke überhaupt nichts von dem, was ich esse, und habe eigentlich gar keinen richtigen Appetit.

Wenn ich mich ranhalte, erreiche ich in zwei weiteren Nachtetappen das nächste Dorf. So lange kann ich mit meinem Wasser haushalten. Aber die Schmerzen in den Nieren sind manchmal so schlimm, dass ich mich hinsetzen oder sogar hinlegen muss. Ich möchte nicht zu viele Tabletten verbrauchen, da ich nicht weiß, wann ich mir das nächste Mal welche besorgen kann. Wenn ich über die Grenze gehe, muss ich schmerzfrei sein, damit ich notfalls schnell laufen kann. In den nächsten zwei Tagen und Nächten begegne ich keiner Menschenseele und nicht einmal einem Tier. Meine Vorräte neigen sich dem Ende entgegen, das Wasser ist aufgebraucht. Laut Karte benötige ich mindestens noch einen weiteren Tag und eine weitere Nacht bis zur nächsten Einkaufsmöglichkeit. Ich werde fast verrückt und beginne, mit mir selbst zu sprechen, es hört mich ja keiner. Ich höre nur meine Stimme in der dunklen Nacht, in der Ferne das Heulen eines Wolfes, immer wieder mal das Knacken von Ästen oder das Geräusch von rollenden Steinen, die ich mit meinen Füßen lostrete, sonst nichts.

Der Weg ist nicht einfach hier in den Bergen, es sind zum Teil schmale Pfade, die bei Tageslicht harmlos sein mögen, aber in der Dunkelheit durchaus ihre Tücken haben. Also geht es noch langsamer vorwärts. Ich habe Durst, aber die Flaschen sind leer. Mein Mund ist trocken, meine Beine schmerzen. Immer wieder überprüfe ich meinen Weg mit dem GPS-Signal. Doch auch wenn ich noch so oft schaue, ich komme nicht schneller voran und der Navigationspunkt nähert sich nicht schneller dem nächsten Dorf. Wie lange ein Mensch ohne Wasser überleben kann?

Meine Kräfte schwinden, die Schmerzen werden stärker. Ich muss stehenbleiben. Zum ersten Mal seit wir von Hazara Town aufgebrochen sind, denke ich, den größten Fehler meines Lebens gemacht zu haben. Sehe mich schon hier in der Gebirgswüste zwischen Täbris und iranisch-türkischer Grenze liegen und elend krepieren. Es würde Tage, Wochen oder Monate dauern, ehe mich jemand findet. Meine Mutter würde nie erfahren, was aus mir geworden ist, denn ich habe keine Papiere bei mir, und Tote können nicht sprechen. Ich denke an Jawad, an Simon, an meinen Bruder und meine kleine Schwester. Ich sehe meine Mutter vor mir, wie sie die Tiere versorgt und mir zulächelt. Ja, ich weiß, dass ich jetzt in Selbstmitleid zerfließe, aber es gibt in diesem Augenblick einfach nichts, was mich aufbauen könnte.

Da - plötzlich höre ich etwas, das wie ein ganz leises Plätschern klingt. Das kann nicht sein, denke ich, bestimmt habe ich jetzt akustische Halluzinationen. Mit meiner Taschenlampe, die ich nur für Notfälle benutze, leuchte ich in die Richtung, aus der ich das Geräusch vernommen habe und gehe ihm nach. Und da, ich kann mein Glück kaum fassen, sickert ein dünnes Rinnsal den Fels herab. Ich halte meine Hand hin, fange ein paar Tropfen auf und koste vorsichtig davon. Es schmeckt, als könne man es unbesorgt trinken. So gehe ich mit dem Kopf ganz dicht an den Stein und versuche, mit geöffnetem Mund und herausgestreckter Zunge ein paar Tropfen aufzufangen. Es ist mühsam, aber es geht. Man muss Geduld haben, bis man einen Mund voll Wasser zusammenbekommt, aber es schmeckt in diesem Moment besser als alles, was ich in meinem ganzen Leben getrunken habe. Wie gut, dass ich nicht alle leeren Flaschen weggeworfen habe. Jetzt halte ich die zwei Flaschen hin, die ich noch habe und brauche gefühlt eine Stunde, um sie mit dem kostbaren Nass zu füllen. Ich bin sicher, dieses Wasser hat mir Allah geschickt. Ich kann wieder Hoffnung schöpfen, das Wasser gibt mir neue Kraft. Ich kann auch wieder eine meiner Tabletten nehmen, und die Schmerzen lassen nach. Meine Füße bewegen sich in dieser Nacht wie von selbst vorwärts, und ich merke, dass ich neue Zuversicht und Mut habe.

So erreiche ich vier Tage und Nächte nach Täbris das erste Dorf und sinke am Brunnen glücklich auf den Boden. Ich finde einen Laden, in dem ich Brot und Trockenfrüchte kaufen kann, auch geröstete und gesalzene Kürbiskerne nehme ich mit und viel, viel Wasser. Vor allem aber wasche ich mich erst einmal ausgiebig. Meine Kleidung kann ich leider nicht wechseln. Hier kommen wohl immer wieder Flüchtlinge durch, denn man hat sich auch hier darauf eingerichtet und verkauft, was Menschen brauchen, wenn sie weite Wege hinter und vor sich haben. Ich bin stolz, es bis hierher geschafft zu haben und muss mir nun einfach kleinere Ziele stecken. Das nächste Dorf, erfahre ich, ist nur eine Tagesetappe entfernt, das werde ich gut schaffen. Dann kommt noch einmal eine Strecke, die ähnlich weit ist wie die erste Etappe. Auf dieser Etappe muss ich versuchen, noch mehr Wasser mitzunehmen. Danach wird die Besiedlung anscheinend etwas dichter, haben sie mir gesagt. Und dann, dann werde ich die Grenze zur Türkei erreicht haben.

6.　　Gefährlicher Sprung über die Grenze

Einige Menschen haben sich an diesem Ort versammelt, verbergen sich hinter den Felsen, spähen immer wieder vorsichtig hervor. Am Fuße des Berges liegt die Grenze. Hier kommen wir in die Türkei, wenn Allah es will. Man kann die Grenze sehen. Stacheldraht liegt zusammengerollt auf dem Boden. An dieser Stelle ist der Zaun nicht allzu hoch. Man kann, so haben sie erzählt, mit Anlauf sogar darüber springen. Ich bin mir da nicht so sicher, aber ich habe zwei Tabletten auf einmal genommen und spüre, dass sie gut wirken und ich keine Schmerzen habe. Auf der anderen Seite der Talsohle geht es wieder hinauf in die Berge, aber die sind nicht mehr ganz so steil. Rechts von uns kann ich einen Wachturm erkennen, das ist ein Checkpoint der iranischen Grenze. Oben, an der Spitze des Turmes, leuchtet ein großer Scheinwerfer, der sich langsam im Kreis dreht. Der Lichtkegel reicht verdammt weit, aber das Gute ist, dass er nur langsam wandert und damit gut berechenbar ist. Links von uns, weiter hinten, steht ein Wachturm der Türken. Die haben keinen Scheinwerfer. Im Talbereich wächst Gras, es ist stellenweise fast zwei Meter hoch. Du musst dich, wenn das Licht kommt, flach auf den Boden legen, dann sehen sie dich nicht.

Die Nacht, die jetzt hereinbricht, ist uns wohlgesinnt, denn es ist bewölkt und der Mond gibt fast kein Licht. Wir sind jetzt bestimmt fast hundert Flüchtlinge, fast lauter Männer, auch ein paar Jugendliche. Ein Junge ist höchstens neun Jahre alt. Ich sehe in seinen Augen, dass er noch viel größere Angst hat, als ich wahrscheinlich je gehabt habe. Er ist mit seinem älteren Bruder unterwegs und der hat seine Hand fest gepackt. „Wenn die Iraner dich entdecken, schießen sie!", zischt einer der Männer. Jeder ist auf sich allein gestellt, aber trotzdem gehören wir für diesen Augenblick irgendwie alle zusammen. Man sieht sich um, man schaut wer neben und wer hinter einem ist. Man nickt einander zu, ein stummes Zeichen. Dann gehen wir los. Es ist erstaunlich, wie leise so viele Menschen sein können, wenn es darauf ankommt. Noch kann uns das Licht nicht treffen. Viele Gedanken schießen mir durch den Kopf. Ich denke an Ali und überlege, wo er sich wohl gerade aufhält und wie es wäre, wenn er mich begleitet hätte. Ich denke an meine Freunde zu Hause. Ich denke an meine Mutter und daran, dass sie den Weg bis hierher niemals hätte gehen können. Es macht mir aber zugleich auch Mut, gibt mir Kraft. Mich haben sie vorausgeschickt, sage ich mir immer wieder, und das macht mich auch stolz. Sie glauben an mich. Sie glauben, dass ich es bis nach Deutschland schaffen kann. Von der Türkei aus sind es allerdings immer noch 4.500 Kilometer, mindestens. Ein langer Weg. Aber jetzt, jetzt müssen wir erst einmal hier über die Grenze kommen.

Einer der Männer, der ziemlich weit vorn geht, breitet die Arme aus und bleibt stehen. Die ganze Gruppe hält an. Wir sind jetzt vor dem kritischen Bereich angelangt. Von hier an müssen wir noch leiser sein, jeder muss auf den Scheinwerfer aufpassen. Wir sollen immer nur höchstens zu zehnt über den Zaun springen, erklärt der Mann. Nach dem Sprung sofort wieder in Deckung gehen, immer noch auf das Licht aufpassen und leise sein. Dann sollen wir uns weg bewegen vom Wachturm der Türken, also nach der Grenze wieder eher nach rechts, aber erst, wenn alle gesprungen sind. Wenn sie einen von uns entdecken, entdecken sie uns alle. Vielleicht erschießen sie nicht jeden, aber sie wissen, dass wir da sind, und dann hat keiner von uns mehr eine Chance. Also pirschen wir uns an. Wir sind auf eine große Fläche verteilt. Ich zähle nicht die Schritte zwischen aufstehen und hinlegen, aber ich muss mich oft hinlegen und frage mich, ob ich auf diese Weise jemals bis direkt zur Grenze komme. Alle sind hoch konzentriert, die Spannung liegt in der Luft, man kann das Knistern förmlich spüren. Die ersten zehn machen sich bereit, wir anderen bleiben in Deckung liegen. Der Lichtkegel wandert weiter und lässt uns im Dunkeln. Mein Herz klopft bis zum Hals. Sie springen auf und nehmen Anlauf. Ich halte den Atem an. Sie schaffen es tatsächlich, sie überwinden den Stacheldraht. Die Angst scheint den Menschen Flügel zu verleihen. Ich blicke neben mich, zähle, wie viele etwa vor mir sind und erkenne, dass ich bei der dritten Gruppe sein werde. Die zweite Gruppe macht sich bereit, nimmt Anlauf und springt im sicheren Dunkel der Nacht. Alles geht gut bisher. Ich schicke ein Gebet zu Allah. Steh mir bei, hilf mir über diese Grenze. Ich schaue nach rechts und links, wir nicken einander zu. Jetzt liegt das Schicksal in unserer eigenen Hand. Jeder macht sich bereit. Der Rucksack muss auf dem Rücken bleiben, man kann nicht vorher bremsen und das Gepäck über den Zaun werfen. Es gibt keinen Probesprung, es muss gleich beim ersten Versuch klappen.

Jetzt gibt uns der Lichtkegel freie Bahn. Wir nicken einander zu und sprinten los. Ich beschleunige meine Schritte, so gut es geht und bin erstaunt, wozu mein Körper fähig ist. Der Stacheldraht sieht bedrohlich aus, doch der Hang gibt mir Schwung und ... tatsächlich ..., ich springe ab und überwinde diese Grenze. Auf der anderen Seite lande ich im hohen Gras und muss mich sofort ducken, weil das Licht wieder über uns zieht. Das Gewicht des Rucksacks hat mich beinahe vornüber kippen lassen, gerade noch so konnte ich mich abfangen. In der nächsten Dunkelphase pirschen wir weiter nach rechts, so haben es die anderen auch gemacht.

Bei der sechsten oder siebten Gruppe ist plötzlich ein lauter Aufschrei zu hören, als die Männer landen. Uns allen stockt der Atem. Was ist passiert? Werden sie uns jetzt entdecken? Doch auch diese Gruppe kommt in unsere Richtung und geht in Deckung. Ich sehe jetzt, dass einer der Männer von zwei anderen gestützt wird. Offenbar hat er sich beim Aufkommen verletzt. Doch darum kann sich jetzt keiner kümmern, wir müssen warten, bis alle über der Grenze sind und uns langsam, aber sicher aus dem Scheinwerferlicht des iranischen Turmes zurückziehen. Es sind endlose Momente, und ich kann gar nicht sagen, ob es zwei oder drei Stunden dauert, bis wir es wirklich alle geschafft haben. Immer noch sagt keiner ein Wort. Erst als wir ein kleines Stück den Berg hinaufgegangen sind, weit genug weg von iranischem Licht und außerhalb der Sicht türkischer Grenzer, bleiben wir stehen. Wir fallen einander in die Arme, lachen, viele beten aus Dankbarkeit, und manche weinen. Es ist nicht verboten, als Mann zu weinen. Die große Anspannung der letzten Stunden hat bei uns allen Spuren hinterlassen.

Der Mann, der sich bei der Landung verletzt hat, scheint große Schmerzen zu haben. Ich gebe ihm zwei von meinen Tabletten. Sein Fuß ist dick geschwollen, bestimmt ist da was gebrochen. Er kann nicht auftreten. Die Strecke, die vor uns liegt bis zum nächsten Ort, legen fast alle gemeinsam zurück. Ein paar wollen schneller sein und gehen vor, aber die anderen helfen sich gegenseitig. Wir wechseln uns ab, den Verletzten zu stützen, damit er immer zwei Männer links und rechts neben sich hat. So wandern wir ein paar Stunden und erreichen schließlich Van in der Türkei.

Ich habe keine Zeit, mich zu waschen oder nach neuer Kleidung zu schauen, denn es gibt Busse, die bis Istanbul fahren. Ich bleibe bei einigen aus der Gruppe, die dasselbe Ziel haben wie ich, und habe großes, großes Glück. Im Bus nach Istanbul sind noch Plätze frei, ich muss 70 Dollar bezahlen und erwische einen Platz am Fenster. Da sitze ich direkt vor dem Wasserspender, aus dem man kleine Plastikflaschen herausholen kann. Das ist gut für meine Nieren. Immer mehr Menschen quetschen sich in den Bus, und die Luft ist schon schlecht, bevor der Bus überhaupt startet. Sie sitzen auf dem Gang und auf der Treppe und zu dritt in den Zweiersitzen. Mir ist das alles egal, und als der Bus losfährt, schlafe ich vor Erschöpfung ein. Alle vier Stunden hält der Bus an, damit man pinkeln kann und nach über 20 Stunden erreichen wir Istanbul, die größte Stadt der Türkei.

„In den Parks triffst du die anderen, die illegal hier sind", sagt mir einer. Doch zuerst möchte ich duschen und saubere Kleidung kaufen. Für eine Nacht nehme ich ein Hotelzimmer, nur wegen der Dusche. Es ist eine Wohltat, die schmutzigen, verschwitzten Sachen auszuziehen. Meine Schuhe sind total verschwitzt, der Gestank geht nicht mehr raus. Ich muss mir hier neue Schuhe kaufen. Außerdem brauche ich dringend Tabletten, und ich möchte mich bei meiner Mutter melden. Doch alles zu seiner Zeit. Jetzt braucht mein Körper erst einmal Ruhe, und frisch geduscht sinke ich im Hotel in das weiche, saubere Bett.

7.   Im Schlauchboot nach Griechenland

Am nächsten Morgen geht es mir viel besser. Ich packe meinen Rucksack aus und schaue, was ich noch habe. Zuerst ziehe ich die Kleidung an, die ich zum Wechseln dabeihabe. Dann gehe ich in die Stadt, um mir neue Sachen zu besorgen, als erstes eine SIM-Karte für mein Handy. In einem Schuhgeschäft sehe ich weiße Markenturnschuhe. Die gefallen mir gut. Ich kaufe sie, jetzt will ich keine Bergstiefel mehr anziehen müssen. Ich schlendere durch die Straßen und esse einen Döner. Der schmeckt herrlich nach den elf Tagen, in denen ich in der Wildnis unterwegs war. Außerdem trinke ich viel Wasser. Meine Nieren müssen durchgespült werden. Hier gibt es viele Illegale, das kann man sehen. Keiner will etwas von mir, es ist eine ziemlich unbeschwerte Zeit, und ich beschließe, hier in Istanbul ein paar Tage zu bleiben.

Der eine Tag im Hotel hat mir gereicht, ich möchte lieber im Park schlafen. Das machen so viele hier. Ich bin inzwischen gewöhnt, im Freien zu schlafen, und es ist nicht kalt. Als ich meiner Mutter anrufe, kann ich es kaum glauben, dass ich es wirklich bis Istanbul geschafft habe. Ich würde gern auch Ali erreichen, doch auch er hat inzwischen sicherlich eine neue SIM-Karte und eine andere Nummer. Vielleicht kann ich ihn später auf Facebook finden. Auf jeden Fall schreibe ich eine Nachricht an Simon und Jawad zu Hause. Ich schreibe nicht, wo ich bin, aber ich schreibe, dass ich es bald geschafft habe. So wissen sie zumindest, dass ich am Leben bin. Ich durfte ja in Hazara Town keinem von der Flucht erzählen. Für meine Freunde war ich einfach verschwunden. Natürlich werden sie sich gedacht haben, dass ich auf der Flucht bin. Schließlich gehen täglich Menschen fort aus unserem Dorf.

Meine Mutter sagt mir am Telefon, dass sie mir Geld schicken wird. Ich spreche einen Mann in einem kleinen Geschäft an, der afghanisch aussieht und frage ihn, ob er einen Pass besitzt und ob er für mich Geld über Western Union entgegennehmen würde. Oh, wie froh bin ich, dass er sofort einwilligt. Ich hole 2.000 Dollar. Einige Scheine wechsle ich gleich in 50 türkische Lira und in 30 Euro um. Es gefällt mir gut in Istanbul. Die nächsten Tage lasse ich mich treiben. Wegen des Geldes brauche ich mir keine Sorgen zu machen und weiß das sehr zu schätzen. Andere Flüchtlinge stranden hier, weil sie keine Mittel mehr haben um weiterzukommen. Sie müssen versuchen, irgendwie ein bisschen Geld zu verdienen, bevor es für sie weitergeht.

Als ich am Schaufenster eines Reisebüros vorbeikomme, sehe ich dort große Plakate, auf denen der Strand von Antalya abgebildet ist. Da bekomme ich große Lust, genau dort Urlaub zu machen. Etwas verrückt ist es ja schon, denke ich, denn ich habe noch nie Urlaub gemacht. Doch warum sollte ich das nicht jetzt tun? So packe ich meinen Rucksack, checke aus dem Hotel aus und steige in einen der Busse, die von Istanbul nach Antalya fahren. Keiner fragt nach Papieren, die Hauptsache ist, dass ich die Fahrt bezahlen kann. Als ich in Antalya aussteige, ist es sehr warm. Es gibt hier viele Touristen. Alle scheinen fröhlich und gut gelaunt zu sein und keine Probleme zu haben. Ein bisschen steckt diese Stimmung an. Über eine Woche bleibe ich in Antalya, davon aber nur zwei Tage in einem Hotel. Draußen in Strandnähe gibt es schöne Parks, da findet man auch öffentliche Duschen und viele Menschen schlafen einfach im Park. Antalya ist ein sehr schöner Ort, eine große Felsenbucht mit Sandstrand zwischen steilen Klippen und bunt blühenden Büschen. Das Wasser im Meer ist türkisblau. Ich war zuvor noch nie am Meer, es ist mir etwas unheimlich. Aber es ist schön, mit den nackten Füßen am Strand im Wasser entlang zu gehen. Schwimmen mag ich nicht, davor hatte ich schon als Kind Angst.

An jeder Ecke gibt es hier etwas zu essen. Ich bin die ganze Zeit nur damit beschäftigt, Nahrung in meinen Körper zu stopfen. In den letzten Wochen und Monaten hatte ich so oft Hunger. Jetzt genieße ich in vollen Zügen, dass es hier Essen im Überfluss gibt.

Im Park trifft man immer jemanden, mit dem man ins Gespräch kommen kann. Alle sind irgendwie gut drauf. Diese Zeit in Antalya tut mir sehr gut. Ich merke, wie mein Körper auftankt, wie die Kräfte zurückkehren. Die Schmerzen in den Nieren kommen und gehen, aber ich trinke viel, sehr viel den ganzen Tag, dann muss ich weniger Tabletten nehmen. Nach diesen Tagen in Antalya bin ich wieder voller Zuversicht, dass ich es schaffen kann.

Mit dem Bus geht es zurück nach Istanbul, wo ich mich noch ein paar Tage aufhalte. Ich gehe auch in eine Diskothek. Dort lerne ich einige junge Männer aus Afghanistan kennen, die auch nach Griechenland wollen. Rehman, Nadeem, Zammir, Riza, Abbas und ich bleiben noch zwei Tage zusammen in Istanbul. Wir verstehen uns gut. Auf der Flucht gibt es überhaupt selten Streit. Die Flucht verbindet. Jeder, der flieht, hat seine eigenen Probleme und hat kein Interesse, noch mehr davon zu bekommen. Wir beschließen, gemeinsam den Bus bis zur Küste weit im Süden zu nehmen. Von einem kleinen Ort mit dem Namen Bodrum, der direkt am Meer liegt, kann man mit dem Boot die griechische Insel Kos erreichen. Es sind nur etwa sieben Kilometer über das offene Meer. Wir müssen hier nur jemanden finden, der ein Boot hat. Aber ich brauche mir keine Sorgen zu machen, es gibt auch hier genügend Menschen, die mit uns Flüchtlingen Geschäfte machen wollen. Kaum sind wir in der Nähe vom Strand, kommt auch schon ein Mann auf uns zu und fragt, ob wir nach Griechenland wollen, ob wir ein Boot brauchen. Wir nicken, er gibt uns ein Zeichen, dass wir ihm folgen sollen. Er zeigt uns ein Boot, etwa neun Meter lang und zwei Meter breit, ein einfaches Schlauchboot mit einem kleinen

Außenbordmotor. Der Mann schärft uns ein, erst nachts ins Boot zu steigen. Nachts sind nur wenige große Schiffe, vor allem aber keine Fähren unterwegs. Einer Fähre zu begegnen, sei gefährlich, denn man könne ihr nicht schnell genug ausweichen. Es seien schon viele Boote gekentert und die Insassen ertrunken. Schon wenn man in die Heckwelle der großen Schiffe gerate, könne das Boot kentern. Der Schlepper gibt uns keine Garantie. Er ist ganz ehrlich zu uns und meint, die Chancen stünden bei 50 Prozent, dass wir es bis nach Griechenland schaffen. Das Benzin werde genau 30 Minuten reichen, mehr gehe nicht in den Tank. Einen größeren Motor oder Tank könne man nicht an so einem Schlauchboot anbringen. Also müssten wir versuchen, möglichst auf direktem Kurs zur griechischen Küste zu bleiben.

Trotz dieser Unsicherheiten soll jeder von uns 500 Dollar bezahlen. Wenn wir drüben ankommen, müssen wir das Boot mit dem Messer aufschlitzen, denn wenn uns die Polizei aufgreift und wir noch das Boot haben, zwingen sie uns vielleicht, wieder in das Boot einzusteigen und ohne Außenmordmotor zurück zu rudern. Es werden noch mehr Menschen für dieses Boot kommen, sagt der Mann. Wir sollen hier warten. Also geben wir ihm unser Geld. Tatsächlich kommen immer mehr Menschen. Wir fragen sie, ob sie auch für genau dieses Boot bezahlt haben und sie nicken. Es sind fast 40 Personen und wir sind entsetzt, schütteln den Kopf: Das kann er doch nicht machen! Aber er kann. Jeder hat bezahlt, jeder hat das gleiche Recht. Der Schlepper ist weg, wir können uns auch nicht mehr bei ihm beschweren.

Als es dunkel ist, tragen wir das Boot zum Strand. Als die ersten 20 Menschen eingestiegen sind, ist es eigentlich voll. Jeder hat noch einen Rucksack oder eine Tasche dabei, das Boot liegt tief im Wasser. Einer sagt: „Wir müssen unser Gepäck hierlassen."

Das gibt zuerst ein großes Geschrei und Gejammer. „Wenn wir alles mitnehmen, passen wir nicht in das Boot, oder wir gehen unter. Wir sind zu schwer!", versucht ein anderer Mann zu erklären. Rehman wirft seinen Rucksack als Erster ins Wasser. „Ich will leben!", ruft er. Er hat sich nur die wichtigsten Sachen, sein Handy und seinen Pass, in die Hosentaschen gesteckt. Ich folge seinem Beispiel. Nadeem, Zammir, Riza und Abbas werfen auch alles weg. Und schließlich tun es alle. Denn jeder will überleben. Sechs Familien sind außer uns in dem Boot, darunter acht Kinder. Eine Familie hat ein Neugeborenes dabei, die Mutter hat es vor sich in ein Tuch gebunden. Keiner im Boot ist älter als 35 Jahre.

Zwei junge Männer sind noch draußen und schieben das Boot ein Stück weit ins tiefere Wasser. Bevor wir den Motor anwerfen, klettern sie herein. Dabei gerät das Boot gefährlich ins Schwanken, und wir wissen, dass es jetzt absolut auf den Einzelnen ankommt. Jeder muss Ruhe bewahren, ganz still dasitzen. Als der Motor anspringt, atmen wir erleichtert auf. Wir müssen versuchen, direkten Kurs zu nehmen. Sieben Kilometer hören sich nicht viel an, aber wenn man auf dem offenen Meer ist, können sie unglaublich weit sein. Wir sind ein Stück draußen auf dem Meer, als wir etwa zwei Meter neben dem Boot etwas im Wasser treiben sehen. „Das ist ein Mensch!", ruft eine Frau entsetzt und will die Hand nach dem leblosen Körper ausstrecken. Sie wird sofort daran gehindert. „Wir können dem nicht mehr helfen. Wir haben auch keinen Platz in unserem Boot. Wir müssen weiter!", brüllt ihr Mann sie an. Man merkt, dass es auch ihm schwerfällt, tatenlos zusehen zu müssen und nichts unternehmen zu dürfen. Die Frau heult laut auf und presst dann ihre Hände auf den Mund. Kurze Zeit später fahren wir an zwei weiteren Toten vorbei, die im Meer treiben. Ich habe noch nie Ertrunkene gesehen.

Das Meer ist schwarz und still in dieser Nacht, unheimlich still. Keiner sagt etwas, nur ein Kind wimmert ständig vor sich hin. Plötzlich ruft einer der Männer, die weiter vorne im Boot sitzen: „Sharks!" und zeigt nach Osten. Er leuchtet aufgeregt mit seiner Taschenlampe in Richtung seines ausgestreckten Fingers. Tatsächlich sehen wir die typischen dreieckigen Flossen aus dem Wasser ragen. Ein kalter Schauer durchfährt mich. Wie nahe wir diesen Bestien der Meere sind. Wie wenig uns von ihnen trennt. Wie schnell wir kentern könnten und dann…, dann hätten sie uns. Ich zünde meine dritte Zigarette an. Die Kinder und Frauen weinen und wimmern jetzt lauter. „Mach' das Licht aus!", rufen wir. Es lockt vielleicht die Haie an, wenn er sie anleuchtet, wir wissen es nicht. Aber Haie sind gefährlich. Sie rammen auch Boote, die bestehen ja nur aus Plastik.

Wir müssen versuchen, auf direktem Kurs zu bleiben, aber es ist dunkel, und man sieht nirgends Land. Ich bin froh, dass ich nicht am Steuer sitze und dafür verantwortlich bin, wohin wir fahren. Wo ist der direkte Kurs? Das Benzin reicht für 30 Minuten, hat der Schlepper gesagt. Niemand redet mehr. Ich merke, wie meine Hand zittert und kann nicht beschreiben, was in meinem Kopf los ist. Es ist Todesangst. Man sieht, wie sich die Lippen vieler Menschen bewegen. Stille Gebete sprechen sie die ganze Zeit, bitten Allah um seinen Schutz. Ich habe nicht auf die Uhr geschaut, wie lange wir schon auf dem Meer sind. Das Boot liegt tief im Wasser, und ich denke, wenn etwas mehr Seegang wäre, wenn Wind aufkäme, dann würde das Wasser unser Boot vollschlagen, es würde ganz schnell untergehen und wir mit ihm. Die Mütter versuchen, mit leisen Liedern ihre Kinder zu beruhigen, und ich wünschte mir, auch mich würde jemand beruhigen. Ich möchte nicht enden wir die Leichen, die im Meer treiben. Aber wer hat das in der Hand? Es ist wie ein Glücksspiel, die einen schaffen es bis nach Griechenland, die anderen nicht.

Ich rauche eine Zigarette nach der anderen, die meisten Männer tun das auch. Es ist pure Verzweiflung zu spüren. Endlich, nach vielen endlosen Minuten, kann man erkennen, dass wir uns festem Land nähern. Hoffentlich ist das Griechenland, die Insel Kos, dann sind wir in Europa.

Der Motor beginnt unregelmäßiger zu tuckern, dann zu stottern und schließlich geht er aus. Doch wir können das Land sehen, es wirkt zum Greifen nah, und diejenigen, die außen sitzen, beginnen mit den Händen zu rudern. Langsam, ganz langsam, nähern wir uns dem Strand. Mir ist ganz schwindelig, ich kann kaum noch atmen, so sehr hat mich die Angst gefangengenommen. Schließlich springt einer der Männer aus dem Boot und kann stehen. Zwei weitere springen hinaus und helfen ihm, das Boot an Land zu ziehen, halten es fest, bis alle ausgestiegen sind. Wir haben es geschafft! Die Kinder lachen und jubeln, reißen die Arme hoch, werfen sich auf den Strand, wälzen sich im Sand und sehen aus wie paniert. Sie können am schnellsten zeigen, wie erleichtert sie sind. Wir anderen klopfen uns auf die Schultern, manche nehmen einander in die Arme. Ich bin einfach nur froh, glücklich, dankbar, kann es noch gar nicht fassen. Es war der blanke Horror. So etwas will ich nie mehr erleben müssen. Aber es hat sich gelohnt. Wir haben die Überfahrt geschafft und mussten sie nicht mit dem Leben bezahlen. Uns ist bewusst, dass wir riesiges Glück hatten. Jetzt sind wir in Europa, und ich bin meinem Ziel wieder ein großes Stück näher gekommen.

8.   Erholung in Athen

Unsere Schuhe und Strümpfe und auch die Hosen sind nass, und als wir durch den Sand stapfen, bleibt dieser daran kleben. Ich spüre, dass ich Blasen an den Füßen habe, die sich aufreiben. Es brennt wie Feuer wegen des Salzwassers. Ich gehe den anderen hinterher. Rehman, Nadeem, Zammir, Riza, Abbas und ich steigen einen Berg hinauf, bestimmt drei oder vier Stunden lang. Es ist ungewohnt, ohne Gepäck zu gehen, und ich mache mir Sorgen, was mit meinem Geld ist, das ich zwischen den Socken habe. Hoffentlich sind die Tüten dicht, denke ich, aber ich kann jetzt nicht stehenbleiben und nachschauen. Wir müssen über diesen Berg und erreichen danach ein Camp. Es ist ein ehemaliges Hotel, eine richtige Bruchbude. Hier warten viele, viele Menschen anscheinend schon sehr lange.

Die griechische Polizei ist ebenfalls hier und will uns registrieren. „Write your name here", sagt einer zu mir und schiebt mir ein Papier hin. Ich habe gar keine Zeit, alles zu lesen, schreibe aber meinen Namen auf die Linie, auf die der Polizist gezeigt hatte. „Fingerprint!", sagt er dann. „Application for asylum?", fragt er mich. Ich schüttle den Kopf. Nein, ich will in Griechenland keinen Asylantrag stellen. Ich möchte das erst in Deutschland tun. Der Polizist hält mir ein anderes Papier hin. Das scheint kein Asylantrag zu sein, sondern so etwas wie ein Visum auf 30 Tage begrenzt. Hier muss ich meinen Fingerabdruck abgeben. Es herrscht ein unbeschreibliches Chaos, und ich frage mich, ob überhaupt noch irgendjemand durchblickt. Der Polizist winkt einem Kollegen zu, der mich am Arm nimmt. Er bringt mich zu einem Polizeiauto. Ich weiß nicht, wie mir geschieht, blicke mich noch einmal nach den fünf Afghanen um, mit denen ich im Boot bis hierhergekommen bin. Die zucken ratlos mit den Schultern. In dem Auto sitzen schon einige andere Flüchtlinge. Keiner von uns weiß, was jetzt passiert. Ich bin mir keiner Schuld bewusst. Haben sie mich jetzt gefangengenommen? Wir sitzen in dem Auto, und keiner wagt zu sprechen, denn ein weiterer Polizist, schwer bewaffnet, ist auch mit dabei.

Als noch zwei Flüchtlinge ins Auto gestiegen sind, fahren wir los. Es geht etwa eine Stunde über eine holprige Straße, bis wir endlich anhalten. Hier sind auch wieder viele Flüchtlinge, und zwar auf einer großen Wiese. Es gibt keine Zelte, nur ein paar Toilettenhäuschen und einige Stellen mit einer Wasserleitung, die aus dem Boden ragt. „You have to wait here", sagt uns der Polizist, als er uns aussteigen lässt. Wir sollen hier warten. Die anderen scheinen auch warten zu müssen. Es sieht sogar so aus, als würden sie schon länger warten. Mich beschleicht das beklemmende Gefühl, es könnte sich bei dieser Insel um eine Sackgasse handeln. Man kann sich hier an einem Imbiss etwas zu essen und zu trinken kaufen. Wenn man Geld hat, ist das kein Problem. Es gibt aber viele, die gaben ihr letztes Geld für die Überfahrt mit dem Boot aus und haben jetzt nichts mehr. Diese Menschen müssen warten, bis im Camp etwas zu essen ausgeteilt wird. Das Essen ist nicht gut. Ich muss zwei Tage warten und nichts tut sich. Einmal am Tag kommt ein Mann, der aussieht wie ein Polizeichef. Er hat eine Liste dabei, und darauf stehen Namen, die er vorliest. Wessen Name vorgelesen wird, der darf mitkommen und erhält dann Papiere - oder auch nicht. Es kommen auch nicht alle gleich wieder zurück, ich verstehe das Prinzip noch nicht ganz und beschließe, auf eigene Faust etwas zu unternehmen.

Der Mann im Imbiss hat einen ganz netten Eindruck gemacht. Ich gehe also dorthin zurück und beginne ein Gespräch mit ihm. Schnell merke ich, dass er Iraner ist und wir uns auf Persisch unterhalten können. Er erklärt mir, dass ich versuchen muss, so schnell wie möglich mit dem Schiff nach Athen zu kommen und dass ich auf keinen Fall hier einen Asylantrag stellen darf. Es könne Monate dauern, bis sich irgendetwas tut. „Wie bekomme ich ein Ticket?", will ich wissen. Er sagt mir, dass er mir für 80 Dollar ein Ticket für das Schiff nach Athen besorgen kann. Das klingt gut. Schnell gehe ich auf eines der Toilettenhäuschen, in denen es bestialisch stinkt. Ich muss etwas von meinem Geld holen. Zum Glück sind die Geldscheine noch trocken. Aber meine Turnschuhe werden bald kaputt sein, das sehe ich auch. Als ich dem Iraner das Geld gebe, nickt er und sagt zu mir, dass ich am nächsten Tag wieder herkommen soll. Ob er sein Wort halten wird? Aber ich habe keine Wahl, ich muss ihm vertrauen. Mit einigen Flüchtlingen komme ich ins Gespräch, erzähle aber keinem, dass ich vielleicht morgen schon ein Ticket nach Athen in den Händen halten werde. Ich weiß, dass es nicht fair ist. Aber in diesem Moment gilt es, an mich selbst zu denken. Wir müssen unter freiem Himmel schlafen. Jetzt ist es ja warm, da macht es nichts. Aber was wird hier im Winter sein, wenn die Nachttemperatur nicht mehr fast 20 Grad Celsius beträgt, sondern auch mal unter 10 Grad sinkt? In dieser Nacht kann ich nicht schlafen. Die Bilder von der Überfahrt mit dem Boot, die Bilder von den im Wasser treibenden Leichen sind in meinem Kopf und machen mich fast verrückt. Ich habe überlebt, denke ich, aber warum ich und warum die anderen nicht?

Am nächsten Morgen gehe ich als erstes zu dem Iraner. Ich bin nervös, denn ich habe keine Garantie, dass er es ehrlich mit mir meint. Doch er schaut freundlich und hält mir ein Stück Papier hin. Ich schaue es genau an und stelle erleichtert fest, dass es ein Schiffsticket für die Überfahrt nach Athen ist. Am liebsten würde ich dem Mann jetzt um den Hals fallen vor Dankbarkeit und Freude. Mir ist bewusst, dass ich in einer sehr glücklichen Lage bin, da ich genügend Geld habe, um schnell von hier wegzukommen. „Das Schiff legt in zwei Stunden ab. Du musst runter zum

Hafen", sagt der Iraner noch und zeigt mir mit der Hand die Richtung, in die ich mich halten muss. Da nehme ich meine Beine in die Hand und beeile mich, schnell wegzukommen. Ich schaffe es tatsächlich. Es sind sehr viele Menschen hier, Touristen und viele Flüchtlinge wie ich. Manche haben Gepäck dabei, viele besitzen aber nichts außer einer Plastiktüte mit ein paar Lebensmitteln. Bestimmt mussten auch sie all ihre Sachen in der Türkei am Strand zurücklassen, weil die Boote so voll waren. Man sieht es den Menschen an, was sie in den letzten Monaten durchgemacht haben. Jetzt sind alle glücklich und erleichtert, dass sie mit diesem Schiff weiterkommen werden.

Es ist ein sehr großes Schiff, sogar Autos werden hier mitgenommen. Mir ist ein wenig mulmig, als ich mich in die lange Schlange der Passagiere einreihe. Hoffentlich ist mit meinem Ticket alles in Ordnung. Ich weiß nicht, ob ich überhaupt fahren darf, ich habe nicht auf irgendwelche Bewilligungspapiere gewartet, bin einfach gegangen. Doch als ich dem Angestellten der Reederei mein Ticket zeige, nickt er nur und winkt mich durch. Ich bin erleichtert, und meine Schritte sind ganz beschwingt, als ich diese große Fähre betrete. Die Fähre hat drei Decks, und es gibt Restaurants hier. Ich habe noch nie in meinem Leben ein so großes Schiff gesehen, aber es ist alles gut beschildert, man findet sich schnell zurecht. Beim Ablegen stehe ich auf einem der Decks ganz vorn und schaue zu, wie der Ozeanriese geschickt aus dem Hafen manövriert wird. Es dröhnt gewaltig durch den Schiffsrumpf, als die Maschine angelassen wird. Jetzt befinde ich mich auf der anderen, der sicheren Seite, nämlich genau in so einer großen Fähre, die den kleinen Schlauchbooten der Flüchtlinge zum Verhängnis werden kann, und das fühlt sich schon eigenartig an, weil ich beide Seiten kenne.

Als wir ein gutes Stück von der Insel entfernt auf dem offenen Meer sind und ich immer mehr Menschen sehe, die etwas zu essen in der Hand halten, und der Duft nach Frittiertem in der Luft liegt, merke ich, dass ich auch unwahrscheinlich großen Hunger habe. Zuerst möchte ich essen gehen, aber in den Restaurants sitzen die Touristen, da würde ich mich nicht wohlfühlen. Als ich weiterschlendere, entdecke ich auch einen Imbiss, bei dem man sich etwas zu essen kaufen kann. Es gibt Gyros im Pitabrot, das einfach wunderbar schmeckt. Ich trinke eine ganze Literflasche Wasser leer und merke jetzt erst, dass ich in den letzten beiden Tagen nicht mehr ausreichend getrunken habe. Nach dem Essen setze ich mich ganz dicht an die Reling und lasse mir die Sonne ins Gesicht scheinen. Der Wind fährt mir durchs Haar, und ich spüre, wie müde mein Körper ist. Meine Füße schmerzen, die Blasen brennen, und ich würde zu gern die Schuhe ausziehen, doch das lasse ich lieber sein. Ich habe immer noch viel Geld an meinen Füßen zwischen den Socken und vermute, dass die Schuhe bestialisch stinken.

Die Fahrt mit der Fähre dauert mehr als zwölf Stunden. Immer wieder schlafe ich kurz ein. Später komme ich mit ein paar Afghanen ins Gespräch. Sie erzählen mir, dass es in Athen sehr freundliche Menschen geben soll und dass man sich im Victoriapark trifft. Das merke ich mir, und als die Fähre anlegt und ich in Piräus von Bord gehe und das Festland betrete, winke ich dem ersten Taxi, das ich sehe, steige ein und sage: „Victoriapark, please!" „Victoria Square?", fragt der Fahrer in schlechtem Englisch. Ich bin unsicher, ob wir das gleiche Ziel meinen, doch ich nicke trotzdem. Die Fahrt dauert etwa eine halbe Stunde. Ich bezahle mit den letzten Euro, die ich habe. Als erstes muss ich wohl wieder Dollar in Euro wechseln lassen. Als ich beim Victoria Square aussteige, verschlägt es mir fast die Sprache. Hier ist alles voller

Flüchtlinge aus allen möglichen Ländern. Es herrscht ein unbeschreibliches Durcheinander. Mülleimer quellen über, jede Parkbank ist belagert, jedes Fleckchen Grün oder Erde ist belegt mit Decken und Kissen. Alles steht voller Plastiktüten, in denen die Menschen ihr Hab und Gut untergebracht haben. Über den niedrigen Zäunen, die an vielen Stellen um quadratisch angelegte ehemalige Grünflächen gezogen sind, hängen Kleidungsstücke zum Trocknen. Auch die unteren, erreichbaren Äste der wenigen Bäume werden als Wäscheständer zweckentfremdet. Obwohl es wie ein großes Elendsquartier aussieht, ist die Stimmung nicht schlecht, und ich beschließe, dass ich diese große Sammelstelle auch zu meinem Aufenthaltsort machen werde.

Doch zuerst einmal gilt es, neue Kleidung zu kaufen und eine Dusche zu finden. Ich gehe auf eine öffentliche Toilette und hole Dollars aus der Tüte an meinem Fuß. Mir wird es fast übel, als der Gestank aus meinen Schuhen emporsteigt. Auf dem Weg zu einem Schuhgeschäft spricht mich eine Frau an. Ich bin unsicher. Was möchte sie von mir? Sie sagt etwas, was ich nicht verstehe und zeigt auf meine Schuhe. Das ist mir sehr unangenehm, denn die Schuhe sehen ziemlich fertig aus. Eigentlich schäme ich mich, so nicht auf die Straße zu gehen. Die Sohlen lösen sich an beiden Schuhen ab. Die Frau zeigt auf ein Schuhgeschäft, gibt mir ein Zeichen, dass ich mitkommen soll. Ich hebe abwehrend die Hände, doch sie ist schon in das Geschäft gegangen. Wenig später kommt sie mit einem Paar grauer Marken-Turnschuhe wieder heraus. Ich bedanke mich auf Englisch. Was sie sagt, kann ich nicht verstehen, aber ich spüre, dass sie ein gutes Herz hat und mir viel Glück wünscht.

Ein paar Straßen hinter dem Victoriapark gibt es ein afghanisches Geschäft. Hier kaufe ich eine neue SIM-Karte für mein Handy und melde mich bei meiner Mutter. Als sie meine Stimme am Telefon hört, muss sie weinen. Ich beruhige sie, doch ehrlich gesagt, würde ich am liebsten auch weinen. Meine Füße schmerzen, auch meine Hand tut weh. Ich habe beim Klettern in den Bergen in Dornen gefasst, und die Wunden haben sich entzündet. Meine Nieren machen mir nur dann keine Probleme, wenn ich viele Tabletten schlucke. Als nächstes muss ich neue besorgen, doch die sind teuer. Es gibt eine Menge Geschäfte hier, auch sehr viele pakistanische, und das ist ein bisschen, wie ein Stück verlorene Heimat zu finden. In einem der Geschäfte kaufe ich neue Kleidung, alles neu, und auch noch eine Umhängetasche, denn ich habe ja meinen Rucksack weggeworfen.

Ich gehe durch die Straßen, gehe immer weiter, esse auch etwas zwischendurch und komme zu einem zweiten Park, in dem sich viele Flüchtlinge treffen. Er heißt Alexanderpark. Hier finde ich eine Möglichkeit, mich zu waschen. Es gibt immer wieder Stellen, an denen man mittels eines Gartenschlauchs duschen kann, und das mache ich jetzt ausgiebig. Es sind ein paar Tücher gespannt, so dass man nicht gesehen wird. Meine Kleider fallen mir fast vom Leib, sie stehen vor Dreck und Salz und Sand und Schweiß. Was für eine Wohltat ist es, das Wasser am Körper zu spüren, das den ganzen Schmutz wegspült und die Angst gleich mit. Ich dusche ausgiebig, behalte aber immer meine Socken im Auge, zwischen denen ich die Tüte mit dem Geld versteckt habe. Und als ich meine neuen Kleider und Schuhe anziehe, geht es mir schon viel besser. Ich habe Kleidung zum Wechseln gekauft, die packe ich in meine neue Umhängetasche. Auch eine Zahnbürste und Seife habe ich mir besorgt und fühle mich nun wie ein neuer Mensch. Dann merke ich, wie mein Körper nach Ruhe schreit. Ich suche eine Parkbank, lege mich darauf, die Tasche unter meinem Kopf, damit mir niemand etwas klauen kann, und falle in einen tiefen Schlaf.

Wach werde ich, als mich jemand an der Schulter berührt. „Hello? Everything okay? You need help?" Ich schrecke hoch, setze mich auf, brauche ein paar Sekunden, bis ich weiß, wo ich bin. Vor mir steht ein Mann im weißen Kittel. „Ärzte ohne Grenzen" ist darauf zu lesen. Die Wörter sind in zwei Sprachen geschrieben, und ich kann nur raten, was das französische „medécins" bedeutet. Das muss ein Arzt sein, ich habe davon gehört, dass es hier in Athen Ärzte gibt, die den Flüchtlingen helfen. Ich zeige ihm meine Hände, meine wundgelaufenen Füße und auch, an welchen Körperstellen ich diese schlimmen Schmerzen immer habe. Zuletzt weise ich die Tabletten vor und erkläre auf Englisch, wie viele ich davon täglich nehme. Er ist entsetzt und schüttelt den Kopf, sagt „too much". Aber was soll ich denn machen, wenn ich es sonst nicht aushalten kann vor Schmerzen? Ich hätte keinen Schritt gehen können ohne diese Tabletten. „Come with me", sagt der Arzt, und ich stehe auf und folge ihm. Wir gehen zu einem kleinen Bus, darin haben sie ein richtiges Behandlungszimmer eingerichtet. Es kommt mir vor, als wäre ich im Himmel gelandet, denn endlich nimmt sich jemand meines geschundenen Körpers an. Der Arzt entfernt die Dornen aus meiner Hand, das tut natürlich höllisch weh, aber ich beiße die Zähne zusammen und schaue nicht hin. Als die Hand frisch verbunden ist, pocht es zwar noch immer wie verrückt, aber ich spüre, dass die Wunden jetzt sauber sind und heilen können. Auch die Blasen an den Füßen werden mit Salbe und Pflaster versorgt. Wegen der Nieren muss ich aber in ein Krankenhaus, sagt mir der Arzt. Er schreibt mir den Namen eines Krankenhauses auf einen Zettel und sagt, ich solle mit einem Taxi dorthin fahren. Ob ich Geld habe? Ich nicke: Geld ist kein Problem, zum Glück nicht.

Ich habe in den letzten Wochen und Monaten schon oft überlegt, was ich machen würde, wenn ich – wie so viele andere – kein Geld mehr hätte. Aber ich sollte vielleicht nicht so viel nachdenken. Darum suche ich ein Taxi, zeige dem Fahrer den Zettel und werde direkt zum Krankenhaus gebracht. Dort muss ich lange warten, bis jemand kommt und fragt, was mir fehlt. Als ich es endlich jemandem erklären kann, nehmen sie mich mit und legen mich in ein Zimmer. In dem Zimmer liegen schon andere Patienten. Zwischen den Betten sind Vorhänge als Sichtschutz angebracht. Sie untersuchen mich nicht genau, tasten mich nur ein bisschen ab, und als sie mir auf den Nieren herumdrücken, tut das natürlich weh. Ich bekomme eine Infusion und später noch eine zweite. Was genau das ist, weiß ich nicht. Ob es hilft, kann ich nicht sagen, aber ich muss oft aufs Klo. Eine Nacht verbringe ich im Krankenhausbett und schlafe sehr viel. Mein Körper ist müde. Am nächsten Tag sagen sie mir, dass ich gehen kann: „Good luck." Danke. Wieder nehme ich mir ein Taxi und lasse mich zum Alexanderpark bringen, dort hat es mir eigentlich ganz gut gefallen. Und dort bleibe ich für die nächsten drei Wochen. Ich treffe immer wieder nette Menschen, und ich muss feststellen, dass die Griechen wirklich hilfsbereit sind und bei uns Flüchtlingen nicht wegschauen. Von hier aus werde ich meine letzte große Etappe angehen – über Mazedonien und Serbien nach Ungarn und von dort über Österreich endlich nach Deutschland.

9. Weiter nach Mazedonien und Serbien

Ich spüre, dass mein Körper wieder neue Kraft getankt hat. Neben dem Victoriapark gibt es einen Busbahnhof. Dort kaufe ich ein Ticket bis an die mazedonische Grenze. Das sind über 400 Kilometer, doch ich muss dafür nur rund 20 Euro bezahlen. Einige der Männer, die ich im Victoriapark kennengelernt habe, sitzen auch mit im Bus. Als ich kurz vor der Grenze aussteige – ich habe leider vergessen, wie der Ort heißt – wird mir bewusst, dass es jetzt noch einmal schwierig werden kann. Es gibt ein Stück, an dem die Grenze genau mit den Bahngleisen verläuft. Dieser Abschnitt ist vielleicht 500 Meter lang und natürlich wird er auch bewacht. Aber wenn man unmittelbar nach dem letzten Waggon eines fahrenden Zuges über die Gleise rennt, kann man es schaffen, ohne erwischt zu werden.

Wieder einmal warten wir, bis es dunkel wird. Fast alle, die mit dem Bus hierhergekommen sind, haben offenbar nur das Ziel, über die Grenze zu kommen. Ich merke, wie nervös ich bin, denn dann muss ich immer viele Zigaretten rauchen. Diese ständige Anspannung, die Angst in meinem Kopf, die mir sagt: Was ist, wenn sie dich dieses Mal erwischen? Bisher hatte ich so viel Glück. Aber wer sagt mir, dass es so weitergeht? Unruhig laufe ich auf und ab. Ich weiß, dass es wie ein Tiger im Käfig aussieht, doch das ist mir egal. Allen fällt dieses Warten schwer. Es gehört zum Alltag auf der Flucht. Man muss immerzu warten.

Endlich wird es dunkel. Und irgendwann kommt er, der Zug. Man kann ihn hören, und seine Lichter sind schon in der Ferne zu sehen. Wir machen uns bereit. Und dann geht es ganz schnell. Wir hechten hinter dem Zug über die Bahngleise und rennen so schnell uns unsere Beine tragen. Alle schaffen es. Vielleicht ist den

Grenzsoldaten bewusst, dass immer wieder Flüchtlinge hier die Gleise überqueren, und sie drücken beide Augen zu.

Jetzt befinden wir uns in Mazedonien. Ich glaube, der Ort heißt Idomeni, aber eigentlich ist es kein Ort, es ist ein Bahnhof mit ein paar Häusern. Alles sieht sehr alt aus, heruntergekommen, als wäre es ein vergessenes Dorf. Aber es sind Hunderte von Flüchtlingen hier und ich frage jemanden, worauf wir hier alle warten. Er erklärt mir, dass wir von hier aus mit dem Zug bis zur Grenze nach Serbien fahren können. Plötzlich zucke ich zusammen, denn ich sehe jetzt auch, dass es hier Polizisten gibt. Sie stehen rings um das Bahnhofsgelände verteilt und sind bewaffnet. Zuerst überlege ich, ob ich mich vor der Polizei verstecken soll, aber ich sehe, dass sie gar nichts von uns wollen. Sie schauen nur, dass keiner das Bahnhofsgelände verlässt. Manche Menschen scheinen Papiere zu haben. Ich sehe, wie sie zu den Polizisten gehen, ihnen die Papiere zeigen und dann durchgewinkt werden. Sie können anscheinend mit dem Taxi in die nächste Stadt fahren. Wir anderen müssen hier warten, wieder warten, bis endlich ein Zug kommt.

Es herrscht unglaubliches Gedränge. Ein paar Einheimische machen große Geschäfte, sie verkaufen Wasser für 5 Euro pro Flasche. Kaum einer kann so viel Geld nur für Wasser bezahlen. Es gibt auch etwas zu essen, Döner oder so etwas Ähnliches. Weil ich Hunger habe, kaufe ich mir eine Portion, aber als ich hineinbeißen will, rieche ich, dass das Fleisch nicht mehr gut ist, und werfe das Essen in einen Mülleimer. Hungrige Blicke vieler anderer verfolgen meine Bewegungen. „War schlecht", murmle ich entschuldigend, aber das interessiert hier sowieso keinen. Die Stimmung ist gereizt. Keiner unterhält sich, jeder hat Angst, dass er beklaut wird, und ich nehme mir deshalb vor, nicht einzuschlafen, egal wie lange ich warten muss. Plötzlich kommt eine große Unruhe auf. Ein Zug fährt ein. Hunderte versuchen, sich in diesen Zug hinein zu quetschen. Ich merke, dass es aussichtslos ist, selbst noch hineinzukommen. Ich werde wohl noch warten müssen. Insgesamt muss ich drei oder vier Züge passieren lassen.

Nach zwei Tagen will ich nicht länger hintenanstehen und beim nächsten Zug, der in den Bahnhof einfährt, setze ich meine Ellbogen ein und quetsche mich durch. Ich nehme keine Rücksicht, schaue nicht nach rechts oder links, sehe nur die Türen des Zuges und will unbedingt da hinein, weg von diesem überfüllten Platz. Irgendwie schaffe ich es. Ich habe noch nie einen so vollen Zug erlebt. Man kann gerade noch atmen, aber keiner kann sich umdrehen. An einen Sitzplatz ist nicht zu denken. Es sind Hunderte von Menschen im Zug, es ist heiß, stickig, und ich hoffe, dass ich während der Fahrt nicht auf die Toilette muss. Ich habe keine Ahnung, wie lange die Strecke ist. Sie haben gesagt, er bringt uns bis kurz vor die serbische Grenze. Alle, die hier im Zug sind, haben nur dieses eine Ziel. Also wird es schon richtig sein.

Es herrschen Zustände, die ich nicht beschreiben kann. Die Menschen sind gezeichnet von den Strapazen ihrer monatelangen Flucht. Manche wirken völlig entmutigt, andere sind verzweifelt. Vielen sieht man an, dass sie nicht viel zu essen hatten. Ich will nur, dass ich endlich ankomme und nicht mehr auf der Flucht bin. Nach bestimmt fünf Stunden Fahrt halten wir mitten in der Nacht oder am ganz frühen Morgen in einem kleinen Dorf. Die Türen öffnen sich, und die Passagiere stürzen sich aus dem Inneren. Ich muss höllisch aufpassen, manche stolpern, fallen auf den Boden und werden einfach niedergetrampelt. Sie liegen im Sand und schreien, doch darauf kann in diesem Gedränge keiner Rücksicht nehmen. Ich denke in diesem Moment über nichts nach. Ich folge einfach dem Menschenstrom und vertraue darauf, dass es Richtung serbische Grenze geht.

Weil meine Schmerzen in den Nieren wieder sehr stark sind, gehe ich viel langsamer als die meisten anderen. Doch der Weg ist einfach zu finden. Es ist ein Trampelpfad, der hier bestimmt eine Stunde lang den Berg hinaufführt. Dann geht es weiter durch Wildnis, dichtes Gestrüpp, ein bisschen wie in einem Urwald. Man kann die Spuren der Menschen sehen, die hier vor mir entlanggegangen sind. Es liegt wieder sehr viel Müll auf dem Boden, und es gibt hier ebenfalls diese Holzpfosten mit den Zettelchen dran, auf denen viele Namen stehen. Auf einen der Zettel schreibe ich meinen Namen, ich schreibe ihn einfach dazu, setze ein Zeichen. Ich bin auch hier gewesen!

Nach etwa vier Stunden Fußmarsch sehe ich die Grenze. Ein Stück des Stacheldrahts ist schon aufgeschnitten worden von denen, die vor mir hier waren. Ich gehe einfach durch. Nach ein paar hundert Metern kommen Grenzsoldaten und fragen mich auf Englisch nach Papieren. Ich schüttle den Kopf, sage „Germany", und da schauen sie mich bloß an und lassen mich weiter gehen. Einer sagt noch: „Welcome", was mich ein bisschen wundert, aber es ist natürlich besser, als von ihnen verhaftet oder womöglich zurückgeschickt zu werden. Nach etwa einer halben Stunde komme ich in eine kleine Stadt. Dort gibt es eine Moschee, und in die gehe ich hinein. In einer Moschee kann man sich waschen und zum Schlafen hinlegen. Hier sind auch ein paar Afghanen. Als ich wieder aufwache, fragen sie mich, wohin ich möchte. Ich zucke mit den Schultern, sage ihnen, dass ich nach Deutschland will. Sie wollen zuerst nach Belgrad fahren, in die Hauptstadt von Serbien. Das klingt gut. Bisher habe ich in den Hauptstädten der Länder, durch die ich gekommen bin, gute Erfahrungen gemacht. Man kann im Dschungel einer Großstadt gut untertauchen als Illegaler.

Die drei Afghanen und ich beschließen, gemeinsam ein Taxi nach Belgrad zu nehmen. Sie scheinen auch genügend Geld zu haben, denn das Taxi kostet etwa 15.000 serbische Dinar pro Person. Ich habe keine Dinar, nur umgerechnet etwa 130 Euro. Der Taxifahrer nimmt das Geld und ist zufrieden. Wir sind fast sieben Stunden unterwegs, bis wir die serbische Hauptstadt erreichen. Der Taxifahrer hat uns nicht gefragt, wohin genau in Belgrad wir möchten. Er hält einfach an einem Park an. Als wir aussteigen, ist uns klar, weshalb er uns hierher gebracht hat. Hier gibt es wieder ein riesengroßes Flüchtlingslager. Mir kommt es vor, als ob es Tausende von Menschen wären. Manche, das sieht man, hausen schon seit langem hier. Manche haben sich bunte Zelte aufgebaut, andere einfach nur Decken oder Matten auf dem Boden ausgebreitet. Auch wenn die Zustände alles andere als schön sind, fühle ich mich hier wohler, als in dem überfüllten Bahnhof in Mazedonien. Außerdem ist das eine Stadt, wo ich endlich wieder eine neue SIM Karte für mein Handy bekomme, um mich bei meiner Mutter zu melden. Ich kann duschen, Kleidung und Tabletten kaufen. Und endlich kann ich mich wieder satt essen.

10.   Schikane in Ungarn

Zwei Wochen bleibe ich in Belgrad. Die drei Afghanen, mit denen ich im Taxi hergekommen bin, habe ich nach ein paar Tagen aus den Augen verloren. Es sind so unbeschreiblich viele Menschen hier. Länger kann ich das nicht aushalten. Alle warnen mich vor Ungarn. Aber da muss ich durch. Sie sagen, dass die Polizei in Ungarn rassistisch ist und willkürlich. Man muss versuchen, sich nicht erwischen zu lassen. Von Belgrad aus nehme ich einen Bus bis an die ungarische Grenze. Etwa 15 Personen haben das gleiche Ziel. Wir stehen vor einem hohen Zaun, der auch mit Stacheldraht verstärkt ist. Ein kleines Stück ist schon offen, aber wenn wir da jetzt durchsteigen, verletzen wir uns nur. Zum Glück habe ich in Belgrad einen Seitenschneider gekauft. Damit schneide ich den Zaun noch ein Stück weiter auf. Das ist schwierig, der Draht ist scharfkantig, und man kann es gar nicht verhindern, sich daran aufzureißen. Aber es gelingt uns, diese Grenze zu überwinden, was sind da schon ein paar blutige Hände? Eine Welle der Erleichterung macht sich breit. Schweigend gehen wir weiter, können aber die richtige Richtung nur vermuten. Keines unserer Mobiltelefone kann eine GPS-Verbindung aufbauen, der Akku in meinem Handy ist leer, und wir haben hier nirgends eine Auflademöglichkeit.

Wir kommen durch ein kleines Wäldchen, dahinter liegt ein Dorf. Plötzlich, wie aus dem Nichts, sind laute Schreie zu hören. Es sind grobe Stimmen, und auch wenn wir nicht verstehen, was da gerufen wird, spüren wir, dass die es nicht gut mit uns meinen. Scheinwerfer blenden uns, wir halten unsere Hände schützend vor die Augen und erkennen nur mühsam, dass es die ungarische Polizei ist, die uns erwischt hat. Jetzt wegzulaufen wäre mehr als leichtsinnig. Wir rühren uns nicht von der Stelle, und trotzdem schreien uns die Polizisten weiterhin an. Einige haben ihre Waffe auf uns gerichtet. Wir halten die Arme hoch. Ich spüre, wie mir der kalte Schweiß ausbricht. Sie brüllen Ausdrücke wie „You motherfucker" und „You're NOT welcome here!" und auch Sachen, die ich nicht verstehe. Ja, in Belgrad haben einige über die ungarische Polizei berichtet, und ich hatte gehofft, dass sie übertreiben. Aber sie haben nicht übertrieben, im Gegenteil: Es ist noch schlimmer! Wir tun alles, was die Polizisten sagen, und trotzdem stoßen sie uns mit dem Gewehrlauf vorwärts. Das tut weh. Einige treten mit ihren Stiefeln nach uns. „Prison" höre ich und weiß, dass es Gefängnis heißt. In mir dreht sich alles. Ich überlege, ob hier Endstation für mich ist. Ich überlege, ob es einen Ausweg aus dieser Situation geben kann, und erkenne, dass es hoffnungslos ist. Wir werden zu Polizeiautos gebracht, die in dem Dorf geparkt sind. Sie gehen nicht zimperlich mit uns um, verdrehen uns die Arme und halten sie auf dem Rücken fest. Ich habe das Gefühl, mein Schultergelenk ist ausgekugelt, es tut höllisch weh. Zum Einsteigen in die Autos drücken sie uns den Kopf brutal nach unten. Keiner von uns hat sich bis zu diesem Augenblick auch nur ansatzweise gewehrt, aber trotzdem gehen sie so hart vor.

Wir fahren etwa eine Stunde. Unterwegs kann ich nichts erkennen. Es ist stockdunkle Nacht, und wir kommen nur selten an Schildern mit Ortsnamen vorbei. Endlich hält unser Auto an. Ähnlich brutal, wie wir ins Auto gestoßen worden sind, werden wir nun herausgezerrt. Wir gehen durch ein Tor, sie treiben uns vor und zwischen sich her wie Schafe, und wir kommen uns auch so vor wie Tiere, die zur Schlachtbank geführt werden. Ich frage mich erneut, ob das jetzt mein Ende ist.

Aber es ist noch nicht das Ende. Wir kommen in ein Gebäude. Auf der Tür, durch die wir gestoßen werden, steht: „Refugees not welcome, you are SHIT!" Das klingt alles andere als einladend. Wir werden einen langen Gang entlanggetrieben. Grelles Licht, hellgrüner Boden, es riecht nicht gut hier. Wir sehen, dass wir uns in einem Gefängnis befinden: dicke Türen mit schweren Metallbeschlägen, Riegeln und kleinen, vergitterten Fenstern. Keiner von uns wagt zu sprechen. Der Hass der ungarischen Polizisten ist auch ohne Worte, Schreie und Tritte zu spüren. Sie hassen uns, obwohl wir ihnen nichts getan haben.

Eine Tür wird geöffnet, wir werden hineingestoßen. Offenbar befanden sich zuvor schon Menschen in der Zelle, denn nun sind wir etwa 20 Personen. Betten haben wir hier nicht. Eine Toilette oder ein Waschbecken gibt es auch nicht. Wer auf die Toilette möchte, muss klopfen. Mit viel Glück wird nach einer knappen Stunde mal die Tür geöffnet. Das sagen uns die Männer, die schon vor uns hier eingesperrt waren. Aber da ich in den letzten Stunden nichts getrunken habe, muss ich auch nicht auf die Toilette. Ich merke, wie die Wirkung meiner Tabletten nachlässt und nehme wieder eine. Da ich nicht weiß, wie lange ich hier in diesem Gefängnis festsitze, muss ich sparsam damit umgehen. Langsam weicht die lähmende Angst aus unseren Gesichtern einer Empörung darüber, wie wir hier behandelt werden. Unsere Zungen lösen sich. Zwar reden wir mit verhaltener Stimme, damit sie uns draußen möglichst nicht hören, aber wir sprechen miteinander. Das tut gut. Man kommt sich wieder wie ein Mensch vor. Es sind einige Afghanen in der Zelle, auch ein paar Syrer. Alle teilen wir das gleiche Schicksal.

Die Flüchtlinge, die schon in der Zelle waren, müssen wohl schon seit drei Wochen hier ausharren. Wir fragen sie, was für eine Einrichtung das ist, wie hier der Tagesablauf ist, ob man etwas zu essen bekommt. Sie hätten uns gar nichts zu erzählen brauchen, denn am nächsten Morgen spüren wir am eigenen Leib, wie das

Essen hier ist. Es ist furchtbar. Außer altem, schlechtem Brot, Kartoffeln und Wasser bekommen wir nichts. Für etwa 100 Personen gibt es eine Toilette, eine Dusche gibt es nicht. Nachts lassen sie einen überhaupt nicht auf die Toilette und tagsüber vielleicht zwei Mal.

Nach drei Tagen werden wir aus der Zelle geholt, den Gang entlanggeschoben und in ein Zimmer gebracht. Da sitzen zwei Beamte und haben jede Menge Papiere vor sich, lauter Formulare. Alle meine Haare stellen sich auf. Ich spüre es, dass das hier nichts Gutes wird. Bloß keinen Asylantrag stellen, sage ich mir, bloß keinen Asylantrag, sonst muss ich womöglich auf ewig hier in Ungarn bleiben. Als ich an der Reihe bin, besser gesagt, als sie mich an den Tisch stoßen, schaut mich der Beamte nicht einmal an. „Application for asylum?" Ich schüttle heftig den Kopf. "No, no asylum in Hungary", sage ich – nein, ich will kein Asyl in Ungarn. „I want to go to Germany", sage ich. Eigentlich ist mein Englisch doch nicht schlecht, denke ich, aber da spricht mich ein Dolmetscher an. Er ist genauso unfreundlich wie der Polizist und steckt mit ihm bestimmt unter einer Decke. Denn obwohl ich ihm deutlich erkläre, dass ich keinen Asylantrag in Ungarn stellen und nach Deutschland weiterreisen will, fordert er mich auf, meinen Fingerabdruck abzugeben. Als ich mich weigere, fangen sie an, mich aufs Übelste zu beschimpfen. Sie sagen sehr hässliche Sachen über meine Mutter und meine Schwester, und das verletzt mich und macht mich wütend. Warum sind die so gemein zu mir? Als sie immer weitermachen, werde ich auch laut und sage ein paar Wörter, die ebenfalls nicht besonders schön sind. Darauf scheinen die Polizisten nur gewartet zu haben, denn jetzt kommt einer und schlägt mir auf den Kopf, ein zweiter stößt mich in die Rippen, dass ich mich krümme vor Schmerzen, und ein dritter packt meine Hand, biegt mir den Daumen nach außen und drückt ihn erst in ein Stempelkissen und dann auf eines der Formulare. Mir laufen die Tränen über das Gesicht, ich kann sie nicht aufhalten. Das ist so beschämend hier, ich bin ein Niemand, ein Nichts, sie machen mit mir, was sie wollen. Ich weiß nicht, was für ein Formular das ist, auf dem jetzt mein Fingerabdruck ist. Mit gesenktem Kopf lasse ich mich zurück in die überfüllte Zelle führen. Fühle mich wie ein Stück Vieh. In diesem Augenblick habe ich das Gefühl, dass alles umsonst war.

Nach etwa einer Woche in diesem furchtbaren Gefängnis in Ungarn kommt plötzlich ein Polizist in die Zelle und liest meinen Namen vor. Er gibt mir ein Papier und macht mir deutlich, dass ich damit mit dem Bus bis nach Budapest fahren kann und dass ich mich dort in einem Asylheim melden muss. Mir ist völlig egal, wo ich mich melden soll, Hauptsache ich komme aus diesem Kerker. Mit dem Bus fahre ich etwa fünf Stunden bis in die ungarische Hauptstadt Budapest, wo ich als Erstes eine neue SIM-Karte für mein Mobiltelefon besorge. Da ich weiteren Ärger mit der ungarischen Polizei unbedingt vermeiden möchte, verliere ich keine Zeit, nehme mir ein Taxi und lasse mich zu der Adresse des Asylheims bringen. Dort zeige ich das Papier vor, das mir die Polizei mitgegeben hat. Sie nicken nur, und immerhin schlagen und stoßen sie mich nicht wie ein Stück Vieh. Das Asylheim muss eine ehemalige Kaserne sein, in der sie jetzt etwa 800 Flüchtlinge untergebracht haben. Wir wohnen zu acht in einem Zimmer. Hier gibt es zumindest Betten und ausreichend Toiletten und Duschen sowie Waschbecken. Ich bekomme eine Garnitur frischer Kleidung und beschließe, zuerst einmal ausgiebig zu duschen. Das ist eine Wohltat nach all der Zeit ohne Waschgelegenheit. Ich kann mir Tabletten besorgen lassen, muss aber viel dafür bezahlen, für sechs Päckchen rund 100 Euro.

Nach ein paar Tagen gibt es die Möglichkeit, mit einem Bus vom Asylheim zu einem Einkaufscenter zu fahren. Ich nehme meine

Tasche mit dem wenigen, das ich habe, und steige in den Bus. Etwa 40 Flüchtlinge dürfen an diesem Tag zum Einkaufen fahren. Ich will hier raus, auch wenn es mir hier im Vergleich zum vorigen Gefängnis nicht schlecht geht. Aber mein Ziel ist Deutschland, und wenn ich mir das auf der Karte anschaue, dann ist dieses Ziel jetzt zum Greifen nahe. Im Einkaufscenter gibt es einen großen Eingang, durch den wir alle hinein gehen. Doch anstatt mir Lebensmittel oder Toilettenartikel zu holen, gehe ich zwischen den Reihen der Regale auf die Suche nach einem Hinterausgang. Ich weiß, dass es einen geben muss, und ich finde ihn auch. Hastig schaue ich mich nach rechts und links und nach hinten um, und als ich das Gefühl habe, dass mich keiner sieht, öffne ich die Tür. Ich komme zuerst an einer Art Lager und einem Aufenthaltsraum für die Angestellten vorbei. Der ist zum Glück leer. Von dort aus gibt es eine zweite Tür, eine graue Metalltür. Die muss nach draußen führen. Ich drücke die Klinke, oh bitte, lass sie nicht abgeschlossen sein... Ich halte den Atem an – und die Tür geht auf. Ich bin draußen. Ich bin frei.

Das Papier, das ich im Gefängnis von der Polizei bekommen habe und mit dem ich hier ins Asylheim kam, knülle ich zusammen und schmeiße es in den ersten Abfalleimer, den ich auf meinem Weg sehe. Der Weg führt mich zum Bahnhof in Budapest. Dort finde ich einen afghanischen Dönerimbiss. Vielleicht kann der Mann darin mir helfen? Ich gehe hinein, kaufe einen Döner und warte beim Essen, bis keiner mehr im Laden ist. Jetzt frage ich den Mann, ob er mir helfen kann. Bestimmt hat mich Allah zu ihm geschickt, denn er nickt, schaut mich aufmunternd an und erklärt mir, dass er für 180 Euro ein Zugticket nach München besorgen kann. Er rät mir, erster Klasse zu fahren, da seien die Kontrollen sehr selten. Und so steige ich nachts um 23 Uhr in den Zug, der mich aus diesem schrecklichen Land bringen wird, meinem Ziel Deutschland entgegen.

11.   Endlich in Deutschland

An die Annehmlichkeit dieser Zugfahrt muss ich mich nach meinen vorherigen Erlebnissen erst gewöhnen. Ich setze mich in ein Abteil, das anfangs leer ist, doch noch in Budapest füllt es sich. Ich habe einen Platz am Fenster und schaue hinaus, auch wenn ich nach dem Verlassen des Bahnhofs nichts sehen kann außer der dunklen Nacht. Ich weiß nicht, wohin ich sonst schauen soll, bin unsicher. Neben mir sitzt eine junge Frau. Sie hat Stöpsel im Ohr und hört Musik mit ihrem Handy. Das Rattern der Räder und das gedämpfte Licht machen alle schläfrig. Ich spüre, dass ich sehr müde bin, aber ich habe Angst einzuschlafen. Wenn es eine Kontrolle gibt, was mache ich dann? Sehe ich sie rechtzeitig? Tatsächlich kommt bald schon eine Schaffnerin, und ich halte den Atem an, was jetzt passiert. Doch sie will nur die Fahrscheine kontrollieren, und ich habe ja einen Fahrschein. Erste Klasse – alles richtig! Sie nickt mir zu, und mir fällt ein Stein vom Herzen, als sie weitergeht.

Jetzt bin ich ein bisschen beruhigt und lehne meinen Kopf ans Fenster. Ab und zu fallen mir nun doch die Augen zu. Auf einmal merke ich, dass die junge Frau neben mir eingeschlafen ist, denn ihr Kopf rutscht immer wieder zur Seite, auf meine rechte Schulter. Das ist mir irgendwie peinlich. Ich versuche, sie sanft wegzuschieben, aber ihr Kopf fällt immer wieder zurück in meine Richtung. Es hilft alles nichts, ich muss sie wohl so schlafen lassen. Zuerst bleibe ich stocksteif sitzen, doch dann schlafe ich tatsächlich auch ein.

Als ich das nächste Mal aus dem Fenster schaue, ist es draußen schon hell. Es ist etwa sieben Uhr. Ich kann sehen, dass wir in der Nähe einer großen Stadt sein müssen. Straßen, Gleise, Häuser, Fabriken ziehen vorbei. Ich habe keine Ahnung, wo genau wir sind. Bevor der Zug hält, ertönt eine Stimme aus dem Lautsprecher: „Meine Damen und Herren, in wenigen Minuten erreichen wir München Hauptbahnhof". Nun richte ich mich kerzengerade auf, mein Herz beginnt zu hämmern. München – Deutschland – Germany! Bin ich wirklich angekommen? Habe ich es tatsächlich geschafft?

Ich stehe auf, gehe aus dem Abteil in Richtung der Türen und warte, bis der Zug hält. Ich kann nicht mit Worten beschreiben, was in mir vorgeht, meine Gedanken purzeln wild durcheinander in meinem Kopf, ich könnte lachen und jubeln und jeden umarmen. Der Zug hält an. Ungeduldig versuche ich, die Tür zu öffnen, aber sie geht nicht auf. Ein anderer Fahrgast zeigt mir, dass man warten muss, bis der Zug wirklich ganz still steht. Er ist freundlich und nicht ungeduldig. Aber klar ist der freundlich, sage ich zu mir, ich bin ja jetzt in Deutschland.

Auf dem Bahnsteig stehen ein paar Menschen, die haben Plakate, auf denen steht: „Refugees Welcome". Als ich das lese, bin ich fast zu Tränen gerührt. Ich gehe an ihnen vorbei, sie lächeln mich freundlich an, ich winke ihnen zu und sage: „Hello, wie geht's?", das habe ich mal aufgeschnappt, dass man in Deutschland „Wie geht's?" sagen muss. Eine Frau hält mir einen Becher mit heißem Kaffee hin. Ich lächle sie an, nicke zum Dank und nehme den Becher entgegen. Eigentlich mag ich keinen Kaffee, aber den hier trinke ich jetzt. Eine Frau hat ihn mir gegeben, eine deutsche Frau! Flüchtlinge sind hier willkommen! Eine Frau hat das Plakat hochgehalten, eine Frau hat Kaffee verteilt, kostenlos, an uns Flüchtlinge! Was ist das für ein Land, dieses Deutschland, frage ich mich.

Hier am Bahnhof gibt es auch Polizisten, die sehe ich schon von weitem. Oh nein, ich will jetzt keiner Polizei begegnen. Ich mache einen großen Bogen um die Beamten und verlasse das große Gebäude. Vor dem Bahnhof stehen viele Taxis bereit. Ich steige in das vorderste ein und sage: „Bus station, please." Der Fahrer nickt und fährt los. Es ist überhaupt nicht weit bis zum Busbahnhof, eigentlich hätte ich das auch zu Fuß gehen können. Ich bin froh, dass ich noch genügend Geld in Euro habe.

12. Letzte Etappe: München – Karlsruhe – Mulfingen

Heute ist der 26. August 2015. Ich bin in München, Deutschland, und kann mein Glück kaum fassen. Zuerst gehe ich ein bisschen spazieren. An einem Dönerimbiss frage ich einen Jungen, der afghanisch aussieht, ob er mir helfen kann. Er möchte wissen, ob ich in München bleiben will. Nein, das möchte ich eigentlich nicht. Ich kann nicht erklären, warum. München ist die erste Stadt nach der Grenze, die Stadt, in der ich angekommen bin. Irgendetwas in meinem Herzen sagt mir, dass ich noch weiter fahren muss, noch tiefer in das Land hinein. Der Junge fragt, wo ich hin möchte, und zählt mir ein paar große Städte auf. Da ich keinen einzigen der Namen schon einmal gehört habe, sage ich irgendwann: „Egal, egal. Einfach in eine andere Stadt." Er sagt: „Okay, gib mir 80 Euro und ich besorge dir ein Ticket. Du kannst mit einem Bus fahren, da gibt es keine Kontrollen." Also gebe ich ihm das Geld und kurze Zeit später kommt er mit einem Ticket zurück. Es ist für einen Flixbus. Er zeigt mir, wo ich einsteigen muss. Es ist mir ganz egal, wohin der Bus fährt und ich vermute, dass der Junge auch ein bisschen von dem Geld für sich behalten hat. Abgesehen von den immer stärker werdenden Schmerzen in der Niere geht es mir so gut wie schon lange nicht mehr. Ich bin jetzt in Deutschland. Hier kann und will ich bleiben. Hier werde ich auch einen Asylantrag stellen. Hier werde ich auch einen Fingerabdruck abgeben.

Etwa vier Stunden später hält der Bus an. Ich bin in Karlsruhe gelandet. Als ich aussteige, ist es dunkel. Mit mir sind noch zwei Flüchtlinge aus Syrien, zwei aus Afghanistan und einer aus dem Iran hier ausgestiegen. Es ist ungefähr 23 Uhr am Abend. Weil wir nicht wissen, wo wir schlafen sollen, gehen wir zunächst einmal in die große Bahnhofshalle. Hier gibt es viele Geschäfte, und zuerst schlendern wir ein wenig durch die Passage. Es ist sehr sauber in Deutschland, stelle ich fest. Doch plötzlich sind Polizisten da. „Kommt mit", sagen sie zu uns, zuerst auf Deutsch. Deutsch verstehe ich nicht, aber ich kann mir denken, was sie meinen. Auf Englisch ist es dann unmissverständlich. Sie sind streng, aber nicht so hart wie die Polizisten in Ungarn. Natürlich bleiben wir stehen, und es ist klar für uns, dass wir mit ihnen mitgehen. Weshalb auch sollten wir Widerstand leisten?

Sie bringen uns auf eine Polizeiwache. Dort müssen wir warten. Als nächstes müssen wir unsere Kleidung ausziehen, alles, auch die Unterhosen. Die Polizisten wollen sehen, ob wir Drogen dabei haben oder Waffen. Sie durchsuchen uns. Als sie feststellen, dass wir nichts haben, dürfen wir uns wieder anziehen. Das Messer, das ich früher in der Tasche hatte, haben sie mir schon in Ungarn abgenommen. Jetzt bin ich froh darüber, denn ich möchte von Anfang an keine Probleme mit der deutschen Polizei haben. Hier auf der Polizeiwache sind alle sehr freundlich. Ich bin müde und schlafe auf dem Stuhl ein, auf dem ich sitze. Sie lassen mich erst einmal schlafen, das ist wirklich nett von ihnen. Erst als ich wieder aufwache, geben sie mir Formulare zum Ausfüllen. Ich denke, dass dies jetzt der richtige Asylantrag ist, aber ganz sicher bin ich mir nicht, denn ich verstehe ja kaum etwas von dem, was da steht. Als ich alles ausgefüllt habe, gibt mir ein Polizist einen Zettel mit einer Adresse.

Mit dem Taxi fahren wir, drei andere Flüchtlinge und ich, zuerst einmal los, sagen: „City" und werden zu einem großen Marktplatz gebracht, wo wir uns etwas zu essen kaufen können. Hier sind viele Leute, und wir fragen nach der Adresse, die auf dem Zettel steht. „Asylheim!", sagen wir. Die Menschen sind sehr nett, sie zeigen uns den Weg zur „LEA, Landeserstaufnahmeeinrichtung für Flüchtlinge". Ich sehe gleich, dass hier in Deutschland alles sehr gut organisiert zu sein scheint. Es gibt viele Schilder. Mit grauen Bändern haben sie Schranken gebaut, damit sich die vielen Menschen ordentlich in einer Reihe aufstellen können. Diese Menschenreihe macht sogar geordnete Kurven. Als ich endlich dran bin, muss ich noch einmal meinen Namen aufschreiben, und man will wissen, ob ich Papiere habe, wie alt ich bin, was meine Nationalität ist. Das ist schwierig für mich zu beantworten, aber ich versuche es und erzähle: Ich bin in Pakistan geboren, aber meine Eltern sind aus Afghanistan, meine Volksgruppe ist die der Hazara, und man gibt uns nirgends Papiere. Ich weiß nicht, ob sie mich verstehen. Immer wieder sage ich, dass ich einen Asylantrag stellen möchte. Sie nicken, als würden sie mich verstehen, und zeigen dann auf mein Geburtsdatum. Was stimmt nicht mit meinem Geburtsdatum? Ich tippe mit dem Finger noch einmal darauf und sage: „Ja, ich bin am 1. März 1999 geboren, in Quetta, Hazara Town, Pakistan."

Ein Dolmetscher erklärt mir nun, dass bei mir alles Weitere anders läuft als bei Erwachsenen, weil ich noch nicht 16 Jahre alt bin. Wenn ich das möchte, darf ich zuerst zum Duschen gehen. Dann soll ich mich zu einer anderen Stelle hier in diesem großen Heim begeben, sie haben es mir auf ein Stück Papier geschrieben. Hier sind unbeschreiblich viele Menschen. Ich habe das Gefühl, dass sie an allen möglichen Stellen Schlange stehen und warten müssen. Bei der Dusche habe ich Glück, es sind nur ein paar Männer vor mir. Aber als ich in dem kleinen Badezimmer bin und mich unter die Dusche stelle, kommt fast kein warmes Wasser mehr, deshalb bin ich schnell fertig.

Ziemlich hilflos muss ich wohl auf den Zettel in meiner Hand und die vielen Menschen um mich herum geschaut haben, denn eine junge Frau fragt mich auf Englisch, ob sie mir helfen kann. Ich bin erleichtert, nicke und zeige ihr den Zettel. Sie lächelt mir zu, nickt ebenfalls und führt mich zu einem anderen Zimmer. Vor dem Zimmer stehen Stühle, und sie gibt mir ein Zeichen, dass ich hier warten soll. Also wieder warten, ich kenne das schon, warten kann ich inzwischen ganz gut.

Aber diesmal muss ich nicht lange da sitzen. Keine Stunde später kommen ein Mann und eine Frau. Sie besprechen etwas mit einer Frau in dem Zimmer, stellen sich dann vor mich, lächeln mich an und strecken mir die Hand zur Begrüßung hin. „Hello, wie geht's?", frage ich, und sie sagen: „Hallo, Mohomad", den Rest verstehe ich nicht. Sie nehmen mich einfach mit, wir gehen aus dem großen Gebäude, und ein Stück entfernt davon steht ihr Auto. Es ist ein schönes, großes, deutsches und sehr sauberes Auto. Ich darf einsteigen. Was passiert jetzt? Die beiden scheinen in Ordnung zu sein, aber ich verstehe kein Wort von dem, was sie sagen. Ich glaube, sie wollen mir helfen und beschließe, ihnen jetzt einfach mal zu vertrauen.

Wir fahren ein paar Minuten mit dem Auto, fahren aus dem Stadtgebiet hinaus und in eine Wohngegend, in der es richtig große Häuser gibt mit Gärten vor den Häusern. Solche Häuser gibt es bei uns nicht. Unsere Häuser haben keine spitzen Dächer. Die Straßen sind sauber und geteert und nicht wie bei uns aus festgefahrener Erde. Wenn bei uns ein Wind kommt, wird der ganze Staub aufgewirbelt und die Luft wird schmutzig davon. Wir haben auch keine Gärten mit großen Bäumen, denn Bäume brauchen viel Wasser. Ich muss die ganze Zeit schauen und staunen. Das ist also Deutschland, denke ich. Vor einem dieser Häuser halten wir an und steigen aus. Es ist ein sehr schönes und großes Haus mit einem überwältigenden Garten, in dem es hohe und sicherlich sehr alte Bäume gibt. „Welcome", sagt der Mann, als er mir die Tür öffnet und mit der Hand eine einladende Bewegung macht. Ich gehe staunend hinter den beiden her und kann es kaum fassen.

Die beiden Deutschen haben mich in ihr Haus geholt. Sie haben mich eingeladen, ich darf ihr Gast sein. Das berührt mich sehr. Ich hätte nicht gedacht, dass die deutschen Menschen **so** freundlich sind. Sie führen mich zu einem Bad, da liegt auch frische Kleidung in einer Größe, die mir passen könnte. Dass ich erst vor kurzem geduscht habe, versuche ich gar nicht zu erzählen. Dieses Badezimmer sieht so aus, als könnte es wohltuend sein, hier noch einmal ein bisschen gründlicher zu duschen, und das mache ich auch. Es ist ein herrliches Gefühl, ich fühle mich überwältigt von den vielen Eindrücken, überwältigt von der Freundlichkeit und Hilfsbereitschaft, überwältigt von der Tatsache, dass ich nun am Ziel zu sein scheine. Mit dem warmen Wasser und der guten Duschcreme wasche ich den Staub und Dreck, den Schweiß und die Angst ab.

Wunderbar erfrischt und sauber setze ich mich dann zu der Familie an den Tisch und fühle mich zum ersten Man seit langem wieder wie ein Mensch. Es gibt noch drei Töchter und einen Sohn, die alle schon älter sind als ich. Beim Essen erklärt mir die Tochter auf Englisch, dass es kein Schweinefleisch ist, sondern Hühnchen. Die Deutschen kochen anders, als wir kochen, aber es schmeckt gut. Mir fehlt nur die Schärfe in dem Essen. Bei uns zuhause essen wir eigentlich meistens mit der Hand und sitzen auf dem Boden. Ich wusste schon, dass die deutsche Kultur anders ist, aber der Umgang mit Messer und Gabel fällt mir anfangs ein bisschen schwer. Wir essen eigentlich zu jeder Mahlzeit Brot, aber das machen die Deutschen offenbar auch nicht. Der Sohn der Familie zeigt mir, wo ich schlafen kann. Er bietet mir sein Bett an und legt sich selbst auf das Sofa vor dem Fernseher. Ich würde auch gerne vor dem Fernseher schlafen, wie lange habe ich schon kein Fernsehen mehr geschaut, aber ich fühle mich auch sehr geehrt, dass ich sein Bett bekommen soll.

Bei dieser netten Familie in Karlsruhe verbringe ich vier sehr schöne Tage. Wir spielen auch Ball zusammen im Garten. Ich sage ihnen nicht, dass ich eigentlich nicht gern Ball spiele, denn sie wollen mir bestimmt damit eine Freude machen. Und ich freue mich auch darüber und fühle mich insgesamt sehr wohl bei ihnen. Ich kann viel schlafen, trinken und essen. Nur kann ich mich kaum mit der Familie unterhalten und die Schmerzen in meinen Nieren sind jetzt auch nachts oft richtig schlimm.

Am vierten Tag soll ich mit dem Mann wieder ins Auto steigen und meine Tasche mitnehmen. Ich bin neugierig, was jetzt wohl kommt. Er bringt mich zu einem anderen Asylheim und sagt zu mir: „Good luck, Mohomad". Dann geht er wieder. Mir fällt ein, dass ich nicht einmal den Namen der Familie aufgeschrieben habe, falls ich jetzt von ihnen wegkomme. Erneut muss ich warten, dann wieder meinen Namen aufschreiben und mein Geburtsdatum. Der Mann am Tisch schaut in seinem Computer nach, dann telefoniert er und bespricht etwas mit der Frau, die neben ihm an einem anderen Tisch sitzt. Sie schauen mich beide an, und ich frage mich, ob alles in Ordnung ist oder ob ich mir Sorgen machen muss. Kurz darauf kommt ein Polizist und bringt mich in einem kleinen Bus zu einem Haus, in dem lauter jugendliche Flüchtlinge sind, so wie ich auch. Die meisten kommen aus Syrien, einer aus Afghanistan. Anscheinend wohnen etwa acht Jungs hier, die zu zweit ein Zimmer haben. Ich werde in eine kleine Küche gebracht, in der auch ein Tisch steht. Ein sehr netter Mann kommt zu mir und fragt mich, ob ich hier in Karlsruhe bleiben möchte oder lieber in eine andere Stadt will. Da sage ich ihm, dass ich gerne in einem Dorf leben möchte. Er erklärt mir auf Englisch, dass er mir helfen möchte und einen Platz für mich suchen wird. „Ich kann auch im Park schlafen", versuche ich ihm zu erklären, doch da winkt er lächelnd ab. „You are in Germany now", sagt er, und ich überlege, was er wohl damit meint.

Nach kurzer Zeit bringt mir jemand ein Ticket und ein Papier in einem Umschlag, das ich gut aufbewahren soll. Der nette Mann erklärt mir, dass ich jetzt mit dem Zug fahren werde und dass er einen neuen Platz für mich gefunden hat. Mir ist fast ein bisschen schwindlig von dem vielen Hin und Her. Nun werde ich zum Bahnhof gebracht und steige in einen Zug, der ein bisschen anders aussieht als der, mit dem ich von Budapest nach Deutschland gekommen bin, auf alle Fälle kleiner. Der Mann, der mich zum Bahnhof gebracht hat, hat mir aufgeschrieben, an welcher Haltestelle ich aussteigen soll. Und wenn ich dort angekommen bin, soll ich die Telefonnummer anrufen, die auf dem Zettel steht, den er mir noch in die Hand drückt. Dann gibt er mir eine Flasche Wasser und ein bisschen Obst und klopft mir zum Abschied auf die Schulter.

Was für ein seltsamer Name, und sehr schwierig auszusprechen:„Ö-H-RIN-GEN. Ich steige also in den Zug und zähle bei der Fahrt genau die Anzahl der Haltestellen, so wie es der Mann mir erklärt hat. Wohin mich der Zug bringen wird? Habe ich es jetzt wirklich geschafft? Ich schaue auf meine Füße und erblicke die Turnschuhe, die ich noch immer trage. Es sind die grauen Turnschuhe, die mir die nette Frau in Griechenland geschenkt hat. Bis hierher haben mich die Schuhe gebracht. Immer wieder überprüfe ich die Anzahl der Haltestellen, und tatsächlich, es stimmt – irgendwann tönt es aus dem Lautsprecher: „Öhringen".

Mein Herz beginnt wie wild zu klopfen. Ich steige aus, meinen Umschlag und den Zettel mit der Telefonnummer in der Hand und meine Tasche mit dem wenigen Gepäck über der Schulter. Auf dem Bahnsteig bitte ich eine Frau, für mich anzurufen, denn ich konnte noch keine SIM-Karte für Deutschland kaufen. Die Frau telefoniert und redet dabei ganz aufgeregt. Als sie zurückkommt, sagt sie zu mir, dass ich hier warten soll, und: „Mr. H will come and pick you up". Ich kenne zwar keinen Mr. H, aber ja, ich kann hier warten, warten kann ich. Nach etwa einer Stunde kommt ein Mann mit einem Bart. Er stellt sich vor mit „Hello, my name is M." und lächelt mich an. Und dann, dann nimmt er mich einfach mit. Wir fahren nach Mulfingen, zur St. Josefspflege. Dort bekomme ich ein Zimmer im Dachgeschoss, wo noch viele andere Jugendliche und auch einige jugendliche Flüchtlinge untergebracht sind. Und hier in Mulfingen, hier beginnt am 1. September 2015 mein neues Leben.

Epilog

Meine Flucht endete in Mulfingen, und hier begann tatsächlich mein neues Leben. Ich ging hier zum ersten Mal zur Schule. Ich besuchte hier alle Deutschkurse, die angeboten wurden, denn ich wollte schnell die Sprache dieses Landes lernen.

Weil ich noch keine 16 Jahre alt war, als ich in Deutschland ankam, durfte ich selbst keinen Asylantrag stellen. Das hat ein Vormund für mich gemacht, der vom Jugendamt bestellt wurde. In Ellwangen, wo ich mit den Mitarbeitern der Josefspflege und meinem Vormund vom Jugendamt vor Gericht erscheinen musste, habe ich alles so erzählt, wie es gewesen ist. Aber ich bin mir nicht sicher, ob der Dolmetscher alles richtig übersetzt hat, denn mein Asylantrag wurde abgelehnt und darüber war ich sehr verzweifelt. Gleichzeitig bin ich stolz darauf, was ich bisher erreicht habe und ich bin sehr glücklich hier in Deutschland. Vieles kann ich aber immer noch nicht verstehen. Ich bin nicht nach Deutschland gekommen, um Geld vom deutschen Staat zu bekommen. Ich bin in dieses Land gekommen, um endlich in Frieden leben zu können, in Freiheit, in einem Land, in dem die Menschenrechte geachtet werden und in dem Demokratie herrscht. Ich möchte in diesem Land leben, in dem jeder seine Meinung sagen darf, in dem man keine Angst haben muss. Dieses Land ist mir lieb geworden.

Ich bin sehr glücklich, dass ich bei Klaus und Katja eine Familie und richtige Freunde gefunden habe. Ich bin bei ihnen immer herzlich willkommen. Auch an Weihnachten bin ich bei ihnen. Ich weiß jetzt, dass Weihnachten für die Christen ein besonderes Fest ist. Ich war auch schon mit in ihrer Kirche, aber da habe ich nicht so viel verstanden. Ich bin froh, dass ich Klaus und Katja kennengelernt habe, sie haben viel für mich getan.

Meine Nierensteine bin ich in zwei Operationen losgeworden. Ich bin dankbar, dass ich diese schlimmen Schmerzen nicht mehr ertragen muss.

Zu Ali habe ich seither leider keinen Kontakt mehr, seine Spuren haben sich auf der Flucht verloren. In seiner letzten Nachricht schrieb er, dass er in Indonesien in einem Flüchtlingscamp festsitzt, wo es wie in einem Gefängnis zugehen soll. Manchmal denke ich, er hätte besser mit mir mitkommen sollen.

Meine Mutter, meine Schwester und mein Bruder sind am Leben, aber ich habe jeden Tag Angst um sie. Meine Mutter wird nicht jünger, und meine Schwester würde so gerne weiter auf die Schule gehen, denn sie ist klug und fleißig. Wie schön wäre es, wenn sie auch hier in Deutschland sein könnten, doch ich habe fast die Hoffnung aufgegeben.

Die Schuhe, die mir in Athen die nette Griechin geschenkt hat und die mich bis nach Mulfingen getragen haben, besaß ich bis Ende 2017. Dann sind sie leider kaputtgegangen. Gern würde ich dieser Frau heute noch einmal „Danke" sagen.

Bedauerlicherweise habe ich auch zu der freundlichen Familie in Karlsruhe keinen Kontakt mehr. Ich vergaß, ihren Namen aufzuschreiben. Auch ihnen möchte ich noch einmal sagen, wie dankbar ich für das bin, was sie mir in den vier Tagen gegeben haben. Vielleicht würde es sie ja interessieren, wie es mir heute geht.

Die Josefspflege in Mulfingen hat sehr viel für mich getan und dafür bin ich sehr dankbar. Viele Mitarbeiter haben mir geholfen, mich hier zurechtzufinden und auch das Jugendamt in Künzelsau hat mich sehr unterstützt.

Im Augenblick weiß ich nicht, wie es für mich weitergehen wird. Ich weiß nicht, was geschieht, wenn ich meine Ausbildung fertig habe. Zurück kann und will ich nicht gehen. Wahrscheinlich würden sie mich sofort zum Militärdienst zwingen, und das wäre mein Todesurteil. Ich würde gerne arbeiten und noch einmal zur Schule gehen, am liebsten würde ich studieren und dann bei der UNHCR arbeiten, damit endlich was getan wird, um die Menschenrechte in allen Ländern durchzusetzen. Ich möchte einmal im Fernsehen sprechen und allen Menschen erzählen, was mit uns Hazara gemacht wird.

Die Entscheidungen der Gerichte kann ich immer noch nicht verstehen. Ich denke, sie haben mein wirkliches Problem nicht gesehen. Wie gerne würde ich dem Richter, der meine Abschiebung entschieden hat vorschlagen, einmal einen Tag als Hazara in Pakistan oder Afghanistan zu leben.

Ich weiß heute nicht, was morgen sein wird. Ich habe immer Angst, dass sie kommen und mich abholen. Vielleicht geschieht ein Wunder, und ich kann hier bleiben. In Deutschland soll einmal mein Grab sein.

Mohomad im Mai 2016

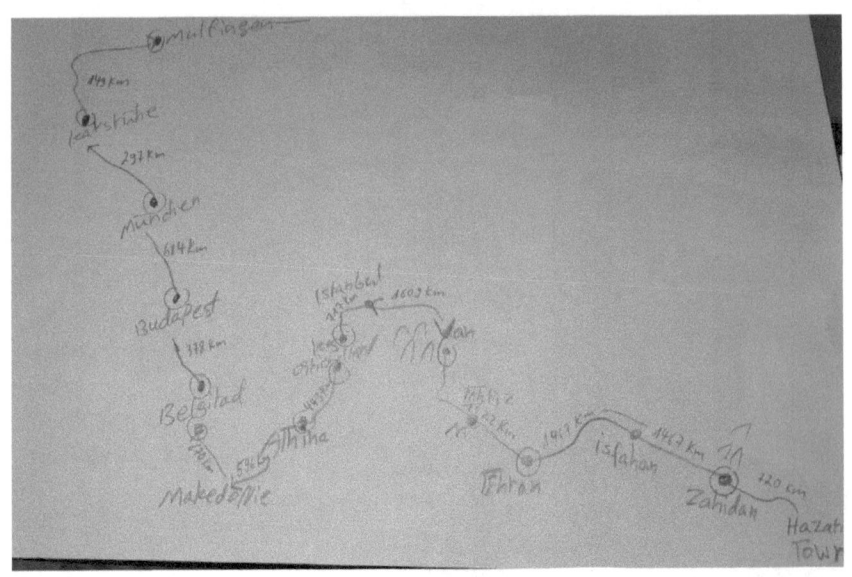

Mohomads Weg, Skizze vom Januar 2019

Nachwort

Vor dem Hintergrund der Flüchtlingswelle im Jahre 2015/16 leistete die Jugendhilfeeinrichtung St. Josefspflege Mulfingen gGmbH Ihren Beitrag zur Linderung der Notsituation für unbegleitete minderjährige Ausländer (UMA).

Wir übernahmen Mitverantwortung für die UMA's, bauten dafür neue Strukturen (eine Abteilung) auf, setzten uns für sachgerechte Standards in der Erstversorgung und Betreuung ein und kümmerten uns um die Umsetzung der gesetzlichen Rahmenbedingungen für die unbegleiteten minderjährigen Ausländer.

Nicht nur Mohomad kam, wie alle anderen, nach langer und gefährlicher Flucht in Deutschland an. Alle unbegleiteten minderjährigen Ausländer wurden ohne jede Kenntnis der deutschen Sprache im Rahmen der Jugendhilfe in der St. Josefspflege Mulfingen gGmbH aufgenommen. Sie haben sich weder den Ort, noch die Personen ausgesucht, mit denen sie sich im Alltag arrangieren mussten. Spracherwerb und schulische Integration stellten neben allen anderen Alltagsbedingungen höchste Herausforderungen an die jungen Menschen.

Um die Komplexität und Schwierigkeiten der jungen Menschen im Rahmen ihrer Asylverfahren zu verdeutlichen, hier einige Schlagworte: Asylantragsstellung, Anhörung beim Bundesamt für Migration, Bescheid, bei Ablehnung Klageantrag beim Verwaltungsgericht Stuttgart, Klagebegründung, Entscheidung des Gerichts, bei Ablehnung Antrag auf Ausbildungsduldung, bei ungeklärter Identität Pass-Beschaffungsfristen.

Die neue Umgebung, die fremde Sprache und Kultur, die Sorge um Eltern und Verwandte in der Heimat sowie die eigene ungeklärte Perspektive, all das und noch mehr waren Auslöser für Verunsicherung, Ängste und existenzielle Sorgen.

Ein großer Teil der jungen Menschen, wie auch Mohomad, befindet sich mittlerweile in Ausbildungs- oder in Arbeitsverhältnissen. Wir wollen den jungen Menschen auch weiterhin mit Rat, und falls erforderlich, natürlich auch mit Tat zur Seite stehen, denn Integration ist ein langwieriger Prozess.

Unsere Hochachtung gilt nicht nur unseren Mitarbeiterinnen und Mitarbeitern, sondern in besonderer Weise den vielen ehrenamtlichen Helferinnen und Helfern, die sich um die Sorgen und Nöte der jungen Menschen gekümmert haben und ihnen einen Neustart in der „Fremde" ermöglicht haben.

Dazu zählt auch Katja Hildebrand mit ihrer ganzen Familie.

J. Dirnberger   Marc Hoffmann
Geschäftsführer   Leiter Abteilung UMA

Inhaltsverzeichnis

Eine Geschichte, wie sie wahrer nicht sein könnte...

Zeitfracht Medien GmbH
Ferdinand-Jühlke-Straße 7
99095 Erfurt, Deutschland
produktsicherheit@kolibri360.de